初學記卷第二十六

錫山安國校刊

器物部

冠第一

敘事　劉熙釋名曰冠貫也所以貫韜髮也董巴漢輿服志曰上古穴居野處衣毛而冒皮後代聖人易之見鳥獸有冠角頷胡之制遂作冠冕纓緌春秋繁露曰冠之在首玄武之象也玄武貌之最嚴威者象在後反居首者武武至而不用者矣三禮圖曰大古冠布齊則緇之後以爲冠冠之始也今武冠則其遺象春秋合誠圖曰天皇大帝北辰星也含元秉陽舒精吐光居紫宮中制御四方冠有五采文曰黃帝冠黃冠白帝冠白又黑帝冠黑文禮記曰黃冠而祭

息田夫家語曰大夫請罪用白冠氂纓禮記曰玄冠朱組纓天子之冠也緇布冠績緌諸侯之冠也玄冠丹組纓諸侯之齊冠也玄冠綦組纓士之齊冠也縞冠玄武子姓之冠也垂緌五寸惰游之冠也玄冠縞武不齒之服也居冠屬武自天子下達有事然後緌左傳曰鄭子臧好聚鷸冠淮南子曰楚莊王好獬冠公孫屈子曰屈到貊冠戰國策曰宋康王爲无頭之冠以示勇莊子曰宋鈃尹文爲華山之冠以自表漢武内傳曰上元夫人戴

九雲夜光之冠西王母戴太眞晨嬰之冠

事對

却敵 **進賢** 三礼圖曰却敵冠前廣四寸通長四寸後高三寸衛士服之輿服志曰進賢冠古緇布冠儒者之服也前高七寸後三寸長八寸公侯三梁中二千石以下至博士兩梁千石以下至小吏一梁

獬豸 **鵕鸃** 漢官儀曰獬豸獸性觸不直故執憲者以其角用形爲冠史記曰高祖時籍孺孝惠時閎孺婉佞貴幸與上臥起故惠帝時郎中皆冠鵕鸃貝帶傅脂粉比閎籍之屬

蟬翅 **鶡尾** 漢書曰張敞弟武爲梁相曰取黠馬者利其銜策當以柱後螭文強繩之耳如淳注曰螭蟬也冠細如蟬翅今御史冠是也又曰高祖爲亭長乃以竹皮爲冠應劭注曰以竹始生皮作冠今鶡尾冠是也

鐵柱 **金顏** 漢官儀曰侍御史周官也爲柱下史冠法冠一曰柱後以鐵爲柱徐爰釋問曰通天冠金博山蟬爲之議之金顏

却非 **交讓** 三礼圖曰却非冠宮殿僕射史服之高三寸東觀漢記曰馬援與公孫述有舊援從巽入蜀述見之甚喜與俱入宗廟令冠交讓冠立舊交之位

五彩 **四重** 三礼圖曰五彩方山冠各以其

彩名爲冠礼廟天子八佾樂五行舞人所服輿服志曰術氏冠有五彩衣青玄裳前貟吳制差池邐迤四重趙武靈王好服之今不施用也

夏收 **殷冔** 禮王制曰夏后氏收而祭燕衣而養老殷人冔而祭縞衣而養老

雙綏 **禪纚** 毛詩曰葛屨五兩冠綏雙止漢書江充召見上衣紗縠單衣冠禪纚步搖冠

金璫 **珠璵** 輿服志曰武冠一曰武弁大冠諸武官冠之侍中中常侍加黃金璫附蟬爲文貂尾爲飾崔鴻前燕錄曰慕容儁制平上冠悉賜廷尉以下巾祕監令別施珠璵

温貂 **勁鶡** 漢官儀曰侍中金蟬左貂金取堅剛百鍊不耗蟬取高居食絜口在腋下貂內勁而外溫又曰虎賁冠插兩鶡尾鶡鷙鳥中之勁果者

苞楯 **覆杯** 輿服雜事曰楚漢會於鴻門項籍圖危高祖樊噲聞急乃裂衣包楯戴以爲冠排入羽營覆杯見弁敘事

招虞 **遺越** 招虞見旌事對春秋釋痾何休斂曰遺越人以冠終不以爲惠

翠緌 **朱纓** 梁書曰天子著遠遊冠金蟬翠緌纓朱纓見敘事

鳩拂 **烏萃** 蕭方等三十国春秋曰晉永康元年正月大會有鳩入御坐武帳中拂司空張華之冠伏侯古今注曰魯參鋤瓜三足烏來萃其冠

魏齊幹賦 纖麗細纓輕配蟬翼尊曰元飾貴爲首服君子敬慎自強不忒

銘 **李尤冠幘銘** 冠爲元服幘爲首服君子敬慎自強不忒 **傅玄冠銘** 居高无忘危在上无忘敬惧則安敬則正

弁第二

敘事 白虎通曰弁之爲言攀持髮也釋名曰弁如兩手相合抃音奮時也以爵韋爲之謂之爵弁以鹿皮爲之謂之皮弁以韎韋爲之謂之韋弁董巴輿服志曰爵弁一名冕廣八寸長尺二寸如爵形前小後大其上似爵頭色有收持笄所謂夏收殷冔虛宇反者也祠天地五郊明堂雲翹舞樂人服之三禮圖曰爵弁士助君祭之服

以祭其廟無旒韋弁王及諸侯兵服也輿服志
曰皮弁與委貌同制長七寸高四寸制如覆杯
前高廣後卑鋭所謂夏之毋追殷之章甫者也
行大射禮辟雍公卿諸侯大夫行禮者冠委貌
執事者冠皮弁衣都麻衣周禮弁師掌王之皮
弁會五采玉璂象邸玉笄璂綦同結也縫中貫結五采玉者魏臺
訪議曰五采玉一玉有五色者也邸以象骨周
緣弁下根柢如魏武帝所作弁柢凡有笄無纓
曹褒云天子弁以白玉飾左傳曰楚子玉自爲

瓊弁鄴中記曰石季龍官婢數十盡著皁褠頭
著神弁如今禮先冠西王毋交帶靈飛綬上元
夫人佩鳳文臨華綬

事對

麟韋　象邸漢書曰王莽初獻新樂於明堂太廟羣臣冠麟韋之弁周礼曰弁師掌王之皮弁象邸玉笄也

騏文　鹿章毛詩曰淑人君子其弁伊騏毛萇注曰騏文也白虎通曰上古質先服鹿皮取其文章也

加首　會髮穀梁傳曰弁冠雖舊必加於首周室雖衰必先諸侯毛詩曰有斐君子充耳琇瑩會弁如星注謂弁所以會髮

告朔　視朝家語曰諸侯皮弁以告朔於太廟周礼曰視朝則皮弁服鄭玄注曰視外朝之事

印第三

敘事

劉熙釋名曰印信也所以封物以
爲驗也亦言因也封物相因付也許愼說文曰

執政所持信也衛宏漢舊儀曰諸侯王印黃金槖駝鈕文曰璽列侯黃金印龜鈕文曰印丞相將軍黃金印龜鈕文曰章中二千石銀印龜鈕文曰章千石六百石四百石銅印鼻鈕文曰印續漢書禮儀志曰印璽王玉柙銀鏤文貴人長公主銅鏤何法盛晉中興書曰孔愉經餘亭放龜溪中龜中流左顧後以功封餘亭侯及鑄侯印而龜左顧更鑄亦然印工以聞愉悟乃取佩搜神記曰張顥爲梁相天新雨後有鳥如山鵲飛翔近地令人擿之化爲石顥命椎破得一金印文曰忠孝侯印顥上之藏宮後議郎汝南樊衡夷上言堯舜時舊有此官今天降印宜可復置

事對

鑄龜　給馬 鑄龜事見敘事中魏收後魏書曰高帝詔軍警給雀印傳符次給馬印

金龜　玉蛟 金龜事見敘事魏收後漢書曰高祖永明元年上谷郡人獻玉印上有蛟龍之文也

種龍　摘鵲 圈稱陳留風俗傳曰巳吾縣者宋雜陳楚地故梁国寧陵種龍鄉也今其都印文曰種龍摘鵲事見敘事

含鈎　刻棗 夢書曰印鈎爲人子所祿也夢見印鈎人得子含吞印鈎懷姙婦也鈎從復出爲其乳失印子傷墮而懷之妻有子以口含之子爲宅中黃君制使虎豹法曰道士當刻棗心作印方四寸也

銘

晉傅玄印銘 往昔先王配天垂則乃設印章作信萬国取象晷度是銘是刻文明慎密直方其德

本立道生歸乎玄默太上結繩下無荒慝後漢胡伯始印衣銘明明上皇旌以命服紆朱懷金爲光爲飾邁種其澤憮寧四国宣慈惠和柔嘉維則克常厥心膺茲多福登位歷壽子孫千億李尤印銘赤紱在服非印不明棨傳符節非印不行龜紐犢鼻用尒作程

綬第四

叙事　漢官儀曰綬者有所承受也所以別尊卑彰有德也呂忱字林曰綬紱也董巴輿服志曰戰國解去紱珮留其絲襚以爲章表秦乃以采組連結於襚光明章表轉相結綬故謂之綬乘輿黃赤綬五采黃赤縹紺淳黃圭長二丈九尺五百首太皇太后皇太后皇后皆同又漢官儀曰乘輿綬黃地骨白羽青絳緑五采四百首長二丈三尺

諸侯王赤綬四采赤黃縹紺淳赤圭長二丈八尺三百首公主大貴人諸侯皆同又漢官儀云四采絳地骨白羽青黃赤緑二丈一尺二百六首侯地絳紺縹三采百二十首長二丈八尺諸國貴人相國緑綬三采緑紫紺淳緑圭長二丈一尺二百四十首公侯將軍紫綬二采紫白淳紫圭長丈七尺百八十首公主封君同又漢官儀云丞相御史大夫匈奴亦同九卿中二千石二千石一云青綸綬綸紫青色綸音爪二千石青綬三采青白紅淳青圭長丈七尺百二十首又漢官儀綬羽青地桃花縹長丈八尺自青綬已上縌音逆皆長三尺二寸與綬同采而首半之縌者古佩

襚也佩襚相迎受故曰縌紫綬以上縌綬之間得施
玉環玦千石六百石黑綬三采青赤紺淳青長丈
六尺八十首又漢官儀云墨綬白羽青地絳二采長丈七尺四百丞尉三百長相二百
百石皆黃綬一采淳黃圭長丈五尺六十首又漢
官儀云黃綬緣八十首長丈七尺晉令曰皇太子及妃諸王玄朱綬
郡公主朱綬郡侯青朱綬輿服志又云自黑綬以
下縌綬長三尺與綬同采而首半之百石青紺綬
一采宛轉繆織圭長丈二尺凡先合單紡爲一
絲四絲爲一扶五扶爲一首五首成一文文采

淳爲一圭首多者絲細少者絲麤皆廣尺六寸漢武
內傳曰西王母交帶靈飛綬上元夫人佩鳳文
臨華綬

事對

桃花　盭草二千石綬桃花縹具敘事注中漢書曰諸侯王高帝
初置金璽盭綬如淳注曰盭綠也晉灼曰盭草名也出琅邪平昌縣似艾可染綠因以爲綬名盭音戾

五色　四采西京雜記曰趙飛鷰爲皇后其娣上遺五色文綬四采事見敘事

白艾　青緺焦貢易林曰二千石
官白艾綬也史記曰武帝召東郭先生拜爲郡都尉先生久待詔公車行雪中履有上无下及其拜爲二千石佩青緺也

玄朱　青紫玄朱事見敘事中晉永安起居注曰太康四年有司奏鄯善国遣子元英入侍以英爲騎都尉佩假
歸義侯印青紫綬各一具

赤地　絳緣漢名臣奏曰大司空朱游奏曰車府丞橫受詔乘輿綬五采何黃多
也可更用赤絲爲地絳緣事見敘事

銘

後漢張衡綬笥銘南陽太守鮑得有詔所賜先公

綬笥傳世用之時得更理笥衡特爲得圭簿作銘曰懿矣茲笥
爰藏寶珎冠纓組履文章日信皇用我賜俾作帝臣服其令服
鸞封艾民天祚明德大賚福仁垂光厥世子孫
克神厥器惟舊中實惟新周公惟事七淯有隣後漢胡廣笥
銘伓矣斯笥凡器爲式受相君子承此印紱帝命所賚用褱令德備以自修所以自勑忠肅恭懿鮮不爲則靡悔靡吝神人
致福

笏第五 叙事

笏手板也釋名曰笏忽也君有教命及
所啓曰則書其上備忽忘也輿服雜事曰有指
畫於君前有受命於君前書笏笏畢用也畢盡禮
記曰天子以球王諸侯以象大夫以魚須文竹
士竹本象可也文猶飾也大夫飾竹以爲笏不敢與君並用純物也大戴禮曰

天子御珽珽言珽然方正於天下諸侯御荼荼前詘後直下天子也荼音舒大
夫服笏前詘後詘無所不讓三禮圖曰士笏飾以象骨大夫
飾以魚須鮫魚髮輿服雜事又曰古者貴賤皆執
圭書君上之政令有事則搢之於要帶中五代以
來唯入座尚書執笏者白筆綴手板頭以紫囊
裹之其餘王公卿士但執手板板主於敬不執笏
示非記事官也

事對

魚須象骨並見敘事記善書對周遷輿服雜事曰應仲遠云昔荆軻逐秦王其後謁者持七首擬宮掖以備不虞從此侍官皆執刀劍漢高祖偃武修文始制以手板代焉故仲長子曰笏以書君教令記善刺過今之持板以象焉礼記曰將適公所史進象笏書思對命也通

理櫂握相手板經曰當令理通直從上至下直如弦不得出邊絕理劉義恭啓事曰聖恩優重猥賜華纓玉笏珩冠飾首琛板櫂握非臣朽薄以宂服受與孟岐擊錢鳳郭子橫洞冥記曰孟岐清汝之逸周人也年可七百歲語及周初時事如目前岐時侍周公升壇上岐以手摩成王之足周公以玉笏與之晉記曰王敦以溫嶠爲丹陽尹嶠內欲離敦而外飾讓錢鳳覺之未言嶠知將問已因敦公坐強鳳酒不肯飲嶠以手板擊鳳

讚

王升之笏讚愼爲德要唯善用光敬上尊賢貴不踰常用制斯器備對遺忘因事施礼升降有章

佩第六

叙事

說文曰佩從人凡聲也佩必有巾從巾釋名曰佩倍也言其非一物有倍貳也有珠有玉魚豢魏略曰有雙璜雙珩琚瑀衡牙琨珠爲佩者漢明帝采古文始制蔡謨毛詩疑字議

曰以爲佩者服用之稱珮者玉器之名稱其服用則字從人名其器則字從玉三禮圖曰凡玉珮上有雙衡衡長五寸博一寸下有雙璜璜徑三寸衝牙蠙珠以納其間上下爲衡半璧爲璜璜中橫以衝牙以蒼珠爲瑀禮記曰天子佩白玉公侯佩山玄玉大夫佩水蒼玉世子佩瑜玉士佩瑜玟又曰孔子去魯佩象環五寸謙不比德云不事也象有文理者也環取可循而無窮鹽鐵論曰子思銀佩晉宋舊事曰太皇太后雀鈕白玉佩搜神記曰元康中婦

人飾五兵佩白虎通曰所以必有佩者表意見所能故修道无窮即佩環能本道德即佩琨能决嫌疑即佩玦是以見其所佩即知其能故農夫亦佩其耒耜工匠佩其斧婦人佩其針縷亦佩玉也禮記又曰君在佩玉左結佩右設佩居則設佩朝則結佩朝於君亦結左齊則績結佩而爵韠績屈也結又屈之思神靈不在事也爵韠者齊服玄端又曰古之君子必佩玉右徵角左宮羽玉聲所中也徵角在右事也民也可以勞宮羽在左君也物也宜逸趨以采齊行以肆夏周旋中規折還中矩進則揖之退則揚之然後玉鏘鳴也又曰主佩倚則臣佩垂主佩垂則臣佩委

事對

蠙珠 象環並見敘事

紉蘭 連若楚詞曰紉秋蘭以爲佩王逸注曰紉索也蘭香草也秋而芳所以爲佩飾也又曰連蕙若以爲佩過飽肆而失香

捨玦 解環孔叢子曰子產死鄭大夫捨佩玦婦女捨珠玉也劉向列女傳曰齊桓公行霸諸侯朝之衛獨不至公謀伐衛衛姬脫簪珥解環珮再拜請衛之罪公悅許諾

俘商 獻楚周書曰武王俘商得珮玉億有八方左傳曰蔡昭侯爲兩珮如楚以一珮獻昭王子常欲其一弗與三年止之獻於子常乃得歸

雙渠璜 六火玉董巴漢輿服志曰漢孝明皇帝乃爲大珮衝牙双渠璜皆以白玉漢武帝內傳曰上元夫人帶六出火玉之珮

遺澧浦 解江濱楚辭曰捐余玦兮江中遺余珮兮澧浦列仙傳曰江濱二女者不知何許人步桃江濱逢鄭交甫挑之不知神人也女遂解珮與之交甫悅受珮而去數十步空懷无珮女亦不見

啓

梁簡文帝謝

賜玉珮啓臣綱言主衣裴智琕奉宣勅旨垂賚臣玉珮一具藍田麗采槐水縷文飾以金闕之珠制以魯班之巧故以裾端照色影外生光恩發內府猥垂霑賜臣方溫謝德此振慙声沐浴深慈欣荷交至不任云云

褚彥回謝賜珮啓傳詔宣勅賜臣玉珮一具製懋姬嬴宝冠荊越璇瑰鎮曜珩玦疑華采賁蓬楹響聞繩户佩服載驚心容交惕

履第七

敘事

世本曰於則作扉履釋名曰履禮也飾足以爲禮亦曰屨拘也所以拘於足也齊人謂草履曰扉不借言賤易有宜各自蓄不假借也說文曰鞅小兒履也又鞮草履賈子曰天子黑方履諸侯素方履大夫素圈履晉令履曰士卒百工履色無過綠青白奴婢履色無過純青古繪賣者一足著白履一足著黑履鹽鐵論曰古者庶人麁扉草履今富者韋沓絲履

事對

履霜 行雪 毛詩曰大東小東杼軸其空糾糾葛屨可以履霜史記曰東郭先生待詔公車貧困飢寒衣敝不完行雪中履有上无下足盡踐地道中人笑之

養體 飾足 孫卿子曰麁絲之履可以養躰也飾足事見敘事

跪遷 坐取 禮記曰鄉長者而履跪而遷履俯而納履又曰君子之飲酒三爵而退則坐取履隱避而後履

納丹豹 綴朱蠙 王子年拾遺記曰穆王起春霄之宮西王母來焉納丹豹文履劉楨魯都賦曰纖纖絲履燦爛鮮新表以文綦綴以朱蠙

仲子織 嘯父補 皇甫謐高士傳曰陳仲字子終齊人適楚楚王欲以爲相妻曰子織履以爲食恬淡而無爲樂在其中矣乃謝使者列仙傳曰嘯父冀州人在曲周市中補履數十年奇其不老

文公墮　昭王決韓子曰晉文公與楚人戰至鳳皇之陵係履墮因自結之賈誼子曰昔楚昭王與吳人戰楚軍走而履決失之行三十步復旋取左右問曰何惜是一跨履乎王曰楚国雖貧豈愛一跨履哉思與偕出弗與人也

詩 後梁宣帝詠履詩雙見□声宣並飛時表異處畢弥更妍常安豈悲墜

銘 傳玄履銘戒之哉念履正无邪正者吉之路邪者因之徵後漢李尤文履銘乃製茲履文質武斌允顯明哲甲以牧身步此堤道絕彼埃塵

裘第八

敘事 說文曰裘皮衣也白虎通曰所以佐女工助温也古者緇衣羔裘黃衣狐裘禽獸衆多獨以狐羔取其輕暖因狐死首丘明君子不忘本也羔取其跪乳遜順也禮記曰孟冬之月

天子始裘周官曰司裘爲大裘以供王祀天之服羔裘也仲秋獻良裘乃行羽物鄭玄注黼裘也行羽物飛鳥賜群吏季秋獻功裘以待班賜狐青麑裘之屬鳩化爲鷹故於此時爲賜五經要義曰諸侯黼裘以誓田雜羔狐爲黼文也禮記曰狐白裘錦衣以裼之君子狐青裘豹褎玄綃衣以裼之麛裘青豻褎絞衣以裼之豻胡犬也絞蒼黃之色羔裘豹飾緇衣以裼之狐裘黃衣以裼之錦衣狐裘諸侯之服也犬羊之裘不裼庶人無文飾裘之裼也見美也五經要義曰古者著裘於內而以繒

衣覆之乃加以朝服會之時袒其朝服見裘裏覆衣謂之裼裼之言露可見之辭所以示美呈好而爲飾加以朝服謂之襲袒謂之裼大裘不覆反本取其質也毛詩曰公子狐貍裘舟人熊羆裘晉令曰山鹿白狗遊毛白貂領黃貂班白罷十渠搜裘皆禁物

事對

狐掖 雉頭 王褒四子論曰千金之裘非一狐之掖晉咸寧起居注曰大司馬程據上雉頭裘一領詔曰據此裘非常衣服消費功用宜於殿前燒之

黑貂 青鳳 戰国策曰蘇秦說李兊兊送秦[redacted]貂之裘黃金百鎰王子年拾遺記曰周昭王以青鳳之毛爲二裘一曰燠質一曰暄肌常以禦寒也

素錦 紫綈 禮記鄭玄注曰君衣狐白毛之裘則以素錦爲衣覆之可使裼也西京雜記曰度安年十五爲成帝侍郎善鼓琴后悅之白上得出入御內絶見受幸常著紫綈裘與后同居

鵠氅 鳳毛 劉義慶世說曰謝方與安諸簡文著白綸巾鵠氅見共談鳳毛事見青鳳注中

豹襜 羔袖 管子曰武王爲侈靡令曰豹襜豹裘方得入廟故豹皮百金功臣之家裘千鍾而未得一豹皮左傳曰齊以郝寄衛侯右宰穀從而逃歸衛人將殺之穀辭之曰余不悅初矣余狐裘而羔袖乃赦之杜預注曰狐裘羔袖言一身盡善唯少有惡喻已雖從出其罪不多

鷫鷞 狐貉 西京雜記曰司馬相如與卓文君還成都居貧愁懣以所服鷫鷞裘就市鬻酒與文君爲歡論語曰緇衣羔裘素衣麑裘黃衣狐裘褻裘長短右袂必有寢衣長一身有半狐貉之厚以居

青豻 玄狐 青豻事見敘事黃帝出軍决曰黃帝伐蚩尤未先西王毋遣人被玄狐之裘以符授之

三英 千鎰 郭璞毛詩拾遺曰羔裘晏兮三英粲兮毛詩注曰三英三德也英謂古者以素絲英飾裘即上素絲五紽也墨子曰江河之水非一源千鎰之裘非一狐白

玄華 翠雲 玄華

楊雄方言曰陳魏宋楚之間謂之襜或謂之單襦晉東宮舊事曰太子納妃有白縠白紗白絹衫並紫結纓魏文帝列傳曰吳選曹令史劉卓病荒夢見一人以白越單衫與之言曰汝著衫汗火燒便潔也卓覺果有衫在側汗輒火浣之劉敬叔異苑曰毋丘儉征沃沮使王頎窮其東界父老云曾有破船從漢海流得布衫身如中人但兩袖頭長三丈

事對

白紗　絳納

車灌晉循復山陵故事曰梓宮衣物練單衫五領練複衫五領白紗衫六領白紗縠衫五領宋起居注曰太始二年御史中丞羊希奏山陰令謝沈

親憂未除常著青絳納兩襠衫請免沈前所居官也

納布 織成 沈約宋書曰徐湛之母會稽公主高祖微時有納布衫襖等衣皆是敬皇后手自作高祖既貴以此衣付公主曰後代若驕奢不節者可以此示之祖台之志怪曰建康小吏曹著爲廬山使君所迎配以文婉著形意不安憂求請退婉潸然流涕賦序別并贈織成褌衫也

裙第十

〔敘事〕釋名云裙連接裙幅也緣裙裙施緣也楊雄方言曰陳魏之間謂裙爲帔音披繞衿謂之裙續漢書曰漢明德太后禿裙不緣五行志曰獻帝時女子好爲長裙而上甚短西京雜記曰趙飛鷰立爲皇后其弟上遺織成裙晉東宮舊事曰皇太子納妃有絳紗複裙絳碧結綾複裙丹

碧紗紋雙裙紫碧紗文雙裙紫碧紗文繡纓雙裙紫碧紗縠雙裙丹碧杯文羅裙晉宋舊事曰崇進皇太后爲太皇太后有絳碧綃雙裙絳綃褵屬裙緗絳紗複裙白綃裙

〔事對〕

絳紗 緗綺 絳紗見敘事古樂府陌上採桑曰秦氏有好女自名爲羅敷湘綺爲下裳紫綺爲上襦

薜茘 芙蓉 楚辭曰採薜茘以爲裳楊雄反離騷曰衿芰荷之綠衣兮被芙蓉之朱裳

白蜺 青羽 楚辭曰青雲衣兮白蜺裳舉長矢兮射天狼真人三君內傳曰南極夫人被錦服青羽裙也

紫碧 緗絳 紫碧具敘事中車灌晉循復山陵故事曰梓宮衣物有緗絳雙裙六腰

四等 三條 周斐汝南先賢傳戴良嫁女緣裙四等繁欽定情詩曰何以合歡欣紈素三條裙

〔詩〕

陳蕭鄰詠裙複詩 晶晶金紗淨離離寶

縫腰非學楚寛帶爲思君

酒第十一

敘事

說文曰酒就也所以就人性之善惡也一曰造也吉凶所起造也釋名曰酒酉也釀之米麴酉懌而味美也亦言踧也能否皆彊相踧待飲之也漢書曰酒者天之美祿帝王所以頤養天下享祀祈福扶衰養疾百福之會酒經曰空桑穢飯醖以稷麥以成醇醪酒之始也烏梅女麮 胡板反 甜醹 乳 九投澄清百品酒之終也說文曰酴 途 酒母也醴酒一宿熟也醪汁滓酒也酎

三重之酒也醨薄酒也醑首酒也儀禮鄭玄注曰醴稻米酒也世本曰儀狄始作酒醪變五味少康作秫酒春秋緯曰凡黍爲酒陽據陰乃能動故以麥釀黍爲酒 麥陰也是先漬麴黍後入故曰陽相感皆據陰也相得而沸是其動也凡物陰陽相感非唯作酒 周禮曰酒正掌酒之政令以式法授酒材辨五齊之名一曰泛齊二曰醴齊三曰盎齊四曰醍齊五曰沉齊 以節度作之故以齊爲名泛者成而浮滓泛泛然如今宜成醪矣醴猶躰也成而汁滓相將如今甜酒矣盎猶翁也成而色翁[illegible]然如今酇白酒矣醍者成而紅赤如今下酒矣沉者成而滓沉如今造滑酒也 辨三酒之物一曰事酒二曰昔酒三

曰清酒事酒如今之醳酒也昔酒久酒今之舊醳也清酒今之冬釀夏成者也 韓詩曰夫飲之禮不脫屨而即序者謂之禮跣而上坐者謂之宴能飲者飲之不能飲者已謂之醧齊顏色均衆寡謂之沉閉門不出者謂之湎故君子可以宴可以醧不可以沉不可以湎禮記曰夫豢豕爲酒非以爲禍也而獄訟益繁則酒之流爲禍也是故先王因爲酒禮一獻之禮賓主百拜終日飲酒而不得醉焉此先王之所以備酒禍也周禮曰萍氏掌謹酒使人節用酒 孔叢子曰昔平原君與子高飲強子高酒曰昔有遺諺堯舜千鍾孔子百觚子路嗑之尚飲百榼古之賢聖無不能飲也吾子何辭焉子高曰以予所聞聖賢以道德兼人未聞以飲也平原君曰即如先生言則此言何生子高曰生於嗜酒者蓋其勸勵之辭非實然也

事對

玄碧 縹清 列仙傳曰安期先生與神女會圓丘酣玄碧之香酒 曹植賦曰蒼梧縹清

宜春 贊夏 吳錄曰安成宜春縣出美酒風土記曰酒則五雞贊夏梨賓顯名

琬液 瓊蘇 拾遺記曰王母薦穆王琬液清觴南岳夫人傳曰夫人設王子喬瓊蘇綠酒

梁市 阮廚 列仙傳曰酒客梁市上酒家客也作酒常美日得萬錢有過者逐之主人酒便酸敗阮籍聞步兵猒

廚多美酒營之善釀求爲校尉 斷蒲 切桂 万畢術注曰斷蒲漬酒中即厚楚詞曰奠桂酒兮椒漿注曰切
桂於酒中 箄醪 盎齊 黄石公記曰昔者良將有饋箄醪者投於河令將士逐流而飲之盎齊見叙事 酃
水 程鄉 吳録曰湘東有酃水酒有名荆州記曰桂陽一郡程鄉有酒官 青田 玄鬯 古今記曰
烏孫国有青田核得水則有酒味甚淳美如好酒飲尽隨更注
水隨尽隨成不可久久則苦不可飲名曰青田酒抱朴子曰玄
鬯傾弃而不羞醨酪專灌於丘園 鎬飲 沛酣 詩曰王在在鎬愷樂飲酒史記曰漢高祖過沛置酒酣乃
擊筑爲歌 歡伯 敗首 易林曰酒爲歡伯除憂來慷壽益部傳曰楊子拒妻者劉懿公女也字恭璞貞勳達
礼有四男二女拒云教導閨門動有法則長子元琮常出飲酒
還舍毋不見十日因諸弟謝過乃數責之曰夫飲酒有不至湎
者礼也汝乃沉荒慢而无敬自倡敗首何以師先諸弟也 舉兕 持螯 左傳曰晉趙孟叔孫豹曹大夫入于
鄭鄭伯兼厚之穆叔子皮曹大夫興拜舉兕爵曰小国賴子知
免於戾矣何法盛晉中興書曰畢卓常謂人曰右手持酒杯左

手持蟹螯拍浮酒池中便足了一生也 弗淫 有藇 左傳曰酒以成礼不繼以滛毛詩曰伐木滸滸釃酒
有藇注曰以筐曰釃藇美也 軍法 觴政 史記曰高后立諸呂爲王王擅權用事朱虛侯劉章入侍高后
宴飲高后令章爲酒史章曰臣將種也請以軍法行酒高后曰
可酒酣諸呂有一人亡酒章追拔劒斬之乃還報曰有亡酒一人
臣謹行軍法斬之劉向說苑曰魏文侯與大夫飲使公乘不仁
爲觴政曰飲不尽者浮以太白文侯飲不尽不仁舉白浮君

賦 西晉張載酃酒賦 惟聖賢之興作貴垂功而不泯嘉康狄之先職亦應天而順人擬酒
旗於玄象造甘醴以頤神雖賢愚之同好似大化之齊均物无
往而不變獨居舊而弥新經盛衰而无廢歷百代而作珎若乃
中山冬啓醇酎秋發長安春御樂浪夏設漂蟻萍布分香酷烈
播殊美於聖載信人神之所悅未聞珎酒出於湘東丕顯於皇
都乃潛淪於吳邦往逢天地之否運今遭六合開通播殊美於
聖代宣至味而大同匪徒法用之窮理信泉壤之所鍾故其爲酒
也殊功絶倫三事既節五齊必均造釀在秋告成在春備味滋
和躰色淳清宣御神志導氣養形遣憂消患適性順情言之者

嘉其美志味之者并事志榮于是糺合同好以遨以遊嘉賓雲會矩坐四周設金樽於南楹酌浮觴以旋流備鮮肴以綺進錯時饍之玖羞礼儀攸序是獻是酬頳顏微發溢思凱休德音晏晏弘此徽猷咸德至以自足願棲遲於一丘於是懽樂既洽日薄西隅主稱湛露賓歌驪駒僕夫整駕言旋其居乃憑軾以廻軌騁輕駟於通衢反衡門以隱跡覽前聖之典謨感夏禹之防微悟儀氏之見疏鑒往事而作戒罔非酒而惟愆哀秦穆之既醉殲良人而弃賢嘉衛武之能悔著屢舞於初筵察成敗于往古垂將來於茲篇

鄒陽酒賦 清者爲酒濁者爲醴清者聖明濁者頑騃皆麴消丘之麥釀野田之米流光醳醳甘滋泥泥醪醴既成綠瓷既啓且筐且鹿載篘載𤄊庶人以爲欣君子以爲礼其品類則沙洛綠酃烏鄉若下齊公之清閑中白薄青渚縈淳凝醳醇酎千金一醒

楊雄酒賦 鴟夷滑稽腹大如壺盡日盛酒人復籍酤常爲國器託於屬車猶是言之酒何過乎

啓 **劉孝儀謝晉安王賜宜城酒啓** 孝儀啓奉教垂賜宜城酒四器歲暮不聊在陰即慘惟斯二理揔萃一時少府鬬猴莫能致笑大夫落雉不足解顏忽值瓶瀉椒芳壺開玉液漢樽莫遇殷杯未逢方平醉而遁仙羲和耽而廢職仰憑殊塗便申私飲未羈罍恥已觀憤岸傾耳求音不聞霆擊澄神密睇豈覩山高愈疾消憂於斯已驗遺榮忽賤即事不欺酩酊之中猶知銘荷不任云云

讚 **東晉戴逵酒讚** 余與王元琳集于露立亭臨觴撫琴有味乎二物之間遂共爲之讚曰醇醪之興與理不乖古人既陶至樂乃開有客秉之隗若山頹自絕羣動耳隔迅雷万異既冥惟无有懷

誡 **庾闡斷酒誡** 蓋神明智慧人之所以靈也好惡情欲人之所以生也明智運於常性好欲安於自然吾以知窮智之害性任欲之喪真於是椎金罍碎玉椀破兕觥捐觚瓚

箴 **劉惔酒箴** 爰建上業曰康曰狄作酒于社獻之明辟仰郊昊天俯祭后土歆禱靈祇辨定賓主啐酒成礼則彝倫攸敘此酒之用也

頌 **晉劉伯倫酒德頌** 有大人先生以天地爲一朝万期爲須臾日月爲扃牖八荒爲庭衢行無轍跡居無室廬幕天席地縱意所如止則操卮執觚動則挈榼持壺唯酒是務焉知其餘有貴介公子搢紳處士聞吾風声議其所以乃奮袂揚衿怒目切齒陳説礼法是非蜂起先生于是方捧甖承槽銜杯漱醪奮

鬌䪜踞枕麴藉糟无思无慮其樂陶陶兀然而醉恍尔而醒俯觀
萬物擾擾焉如江漢之浮萍二豪侍側焉如果蠃之與螟蛉

飯第十二

叙事 春秋運斗樞曰粟五變而以陽化
生爲苗秀爲禾三變而粲謂之粟四變入曰米
出甲五變而烝飯可食周書曰黄帝始烝穀爲
飯禮記曰膳夫掌王之食飲（食飯也飲酒漿也）食用六穀
（徐黍稷粱麥彫胡）黍稷稻粱黄粱稰穛（稰音醑熟穫也穛音阻卯反生穫也）呂
氏春秋曰飯之美者玄山之禾不周之粟陽山
之穄南海之秬闞澤九章曰粟飯五十糲飯七
十稗飯五十糳飯四十八御飯四十二風土記

曰精折米十取七八取淅使青烝而飯色乃紫
紺於東流水飯食與洗而除不祥王烈之安成
記曰安成郡毛亭往同亭三十里二亭田疇膏
腴厥稻馨香飯若凝脂周禮曰凡食眂春時（飯宜）
（温齊調和）宋東宮儀記曰掌侍臣常食唱飯二人禮
記曰毋摶飯毋放飯毋揚飯衛宏漢舊儀曰齊
則食文二人旋案陳三十六肉九穀飯潛夫論
云夫粱飯食肉有好於面目不若糲粱藜蒸之
可食於口也韓子曰孫叔敖爲令尹糲飯菜羹

晏子春秋曰晏子相齊食脫粟飯宗躬孝子傳曰吳人陳遺爲郡吏母好食鍋底焦飯遺在役恒帶一囊每煑食取焦者以貽母東方朔神異記曰東方有人名黃父以鬼爲飯以霧爲漿崔鴻前秦錄曰符堅以乞活夏默爲左鎮郎胡人護磨那爲右鎮郎奄人申香爲拂蓋郎默等身長一丈八尺並多力善射三人每食飯一石肉三十斤

事對

芳菰 奇稌 曹植七啓曰芳菰精稗霜蓄露葵陸機七徵曰神皐奇稌嘉禾之穗含滋發馨素玉

精鑿 濡潤 左傳曰大羹不致粢食不鑿杜預注曰不精鑿也傅

七誨曰孟冬香秔上秋膏粱彫胡菰子冉具東牆濡潤細滑流澤芬芳

脫粟 折秔 漢書曰公孫弘爲丞相封侯食一肉脫粟之飯魚豢魏略曰太祖嘲王朗曰不能劾君昔會稽折秔米飯朗曰適宜實難如朗者未可折明公今日可折乃不折

饛簋 陪鼎 毛詩曰有饛簋飧有捄棘棘毛萇注曰饛滿簋貌飧熟食左傳曰宴有好貨飧有陪鼎礼之至也

大粱之黍 不周之粟 張協七命曰大粱之黍瓊山之米唐稷播其根農帝嘗其華不周粟事見敘事

西旅 東牆 王粲七釋曰西旅遊粱御宿素粲瓜州紅麴參糅相半軟滑膏潤入口流散東牆事見濡潤注

南海之秬 東湖之菰 南海秬見敘事徐幹七喻曰南土之秔東湖之菰

粥第十三

敘事

廣雅曰粥糜饘也釋名曰糜煑米使糜爛也粥濯於糜粥粥然也周書曰黃帝始

烹穀爲粥風土記曰天正日南黃鍾踐長是日始牙動爲饘粥以養幼微尚以赤豆爲糜所象色也天文要集曰玉井主粥廚郭義恭廣志曰遼東赤粱魏武帝以爲御粥南越志曰盧陵城中有井半青半黃黃者甘滑宜作粥色如金似灰汁甚芬馨左傳曰鼎銘有云饘於是粥於是以餬余口說文曰周謂之饘宋衛謂之餰楊雄方言陳楚之內相謁食麥謂之餥扶味反鄴中記曰幷州之俗以冬至後百日爲介子推斷火冷食三日作乾粥中國以爲寒食涼州異物志曰高昌

僻土有異於華寒服冷水暑啜羅闍郡人呼粥

事對

擲杯　納槖　郭林宗別傳曰林宗嘗止陳国文學見童子魏德公求近其房供給灑掃林宗嘗不佳夜中命作粥一啜怒而訶之曰爲長者作粥使沙不可食以杯擲地德公更爲進之三訶德公姿无變容左傳曰昔人執衛侯寘諸室甯子織納槖饘焉杜預注饘糜粥也

屑麴　斧冰　徐廣晉[redacted]曰愍帝建興四年京城粮盡屑麴爲粥以供帝食魏武帝苦寒行曰行行日已遠人馬同時飢檐槖以取薪斧氷持作糜

烹穀　泛膏　烹穀事見敘事齊諧記曰吳縣張成夜起忽見一婦人立於宅南角舉手招成曰此地是君家之蚕室我即是此地之神明年正月半宜作白粥泛膏於上以後年年大得蚕今之作膏糜像此

劉家發盆　尹氏羅鼎　續搜神記曰樂安劉池苟家在夏口忽有鬼來劉家喜偷食劉即於他家煮治葛取二升汁密齎還家向夜舉家作粥食餘一甌因寫葛

汁著中於尾上以盆覆之人定後聞鬼從外來發盆啖糜既須更聞在屋頭吐於此遂絕錄異傳曰周時尹氏貴盛五葉不別會食數千人遭飢荒羅鼎作粥聽之聲聞數十里

肉第十四

叙事 說文曰肴雜肉也腌漬肉也膰宗廟熟肉也穀梁曰脤者俎實祭肉也生曰脤熟曰膰蓋社肉也爾雅曰肉曰脫之剥其皮也楊雄方言曰朝鮮洌水之間凡暴肉及牛羊五藏謂之膊家語曰夫食肉者勇悍禮記曰濡肉齒決乾肉不齒決又曰熬捶之去其皽音展編萑布牛肉焉屑桂與薑以洒諸上而鹽之乾而食之欲濡肉則釋而煎之以醢欲乾肉則捶而食之魚豢典略曰凡宗廟三歲大祫每大牢分之左辨上帝右辨上后俎餘委肉積於前數千斤名惟俎

事對

鴟鴞 猩猩 王充論衡曰仲子兄祿萬鍾以兄之祿為不義之祿而不食之以兄之室為不義之室而不居也避兄離母處於陵他日歸有饋其兄生鵝者曰惡用是鶃鶃者他日其母殺是鵝與之食其兄自外來至曰是鶃鶃者之肉而仲子恥負前言即吐而出之呂氏春秋曰肉之美者猩猩之脣

烏銜 鼠盜 漢書曰烏孫王昆莫父難兜靡小國也大月氏殺奪其地而就翖侯抱置草中遠見戰乳之又有烏銜肉翔莫傍侶神為持降匈奴又曰張湯文為長安丞出湯守舍鼠盜肉還怒笞湯湯掘得鼠及餘肉劾鼠博受書訊鞫論報并取鼠與肉具獄磔於堂下

寘堇 持蒲 國語曰驪姬以君命命申生曰今君夢見齊姜必速祠之申生祭于曲沃歸胙於絳公田驪姬

乃寘鴆于酒寘堇于肉賈逵注曰堇烏頭也臧
紫緒晉書曰趙高爲丞相指鹿爲馬持蒲作肉 熊蹯 雞跖
左傳晉靈公使宰夫胹熊蹯不熟殺之寘諸畚載以過朝又曰
楚太子商臣以宫甲圍成王請熟熊蹯而死不聽呂氏春秋曰
善舉者若齊王食雞必食其跖數千而後足也 殷圃 夏山 公孫尼子曰殷紂爲肉圃帝王世紀夏桀爲肉山脯林
登俎 賓槖 左傳曰公將如棠觀漁臧僖伯曰鳥獸之肉不登於俎則公不射古之制也又曰趙
宣子田於首山舍翳桑見靈輒餓食之舍其半曰宦三年矣
未知母之存否請以遺之使盡之簞食與肉寘諸槖以與之
屠門嚼 里社均 桓譚新論曰人聞長安樂出門西向笑人知肉味美即對屠門而嚼漢書曰陳
平爲里中社分肉甚均里父老曰善哉陳孺子之爲宰平曰使平得宰天下亦如此肉 象白 鸞翠
張協七命曰封熊之蹯翰音之跖鸞髀猩脣髦殘象白呂氏春秋曰肉之美者巂鸞之翠述蕩之腕 龍肝 鸞
髀 傅玄七謨曰憍鳳皇之胎豩飛龍之肝鸞髀事見象白注 牛脾 豬肝 劉敬叔異苑曰山陰

何
有人常食牛肉左脾便作牛鳴每勞輒劇食乃止東觀漢記曰閔仲叔客居安邑老病家貧不能置肉日買一斤諸肝 無
損 追復 神異經曰南方有獸名曰无損其肉唯可作鮓又十洲記曰崑崙銅柱下有回屋焉璧方丈上
有鳥名曰希左翼覆東王公右翼覆西王母其肉若醢仙
人甘之追復與天消息不仙者食之其肉苦如醷音薏

羹第十五

敘事 釋名曰羹汪也汁汪郎也說文曰
羹五味和也燒豕肉羹也廣雅曰羹謂之湆淮
南子曰豆之上先大羹 大羹肉湆 禮記曰脯羹雞羹
折稌犬羹兎羹和糝不蓼 稌稻也凡羹齊宜五味之和米屑之糝蓼則不矣
繆襲祭儀曰夏祠和羹芼以葵秋祠和羹芼以
葱冬祠和羹芼以韭周禮曰烹人於祭祀共大

羹鉶羹賓客亦如之禮記曰大羹不和劉楨毛詩義問曰鉶羹有菜鹽豉其中菜爲其形象可食因以鉶爲名禮記又曰羹食自諸侯以下至于庶人無等士不貳羹胾子卯稷食菜羹凡居人之右無嚃羹亦嫌疾無絮羹調和也客絮羹主人辭不能烹史記曰堯之有天下粢糲之食藜藿之羹劉向新序曰紂王天下熊羹不熟而殺庖人

〔事對〕梅蘇 韭芼 陸機毛詩草木疏曰梅杏類也其子赤而酢不可生噉煮而曝乾爲蘇可著羹臛中 韭芼見敘事 染鼎 吹齏 左傳曰子公之食指動謂子家曰必食異味及入見靈公

宰夫將解黿子公相視而笑曰果然及食大夫黿羹召子公而弗與也子公怒染指于鼎嘗之而出楚辭曰懲於羹者而吹齏王逸注曰言人於歠羹而熱心中懲之見齏則恐而吹之 烹猴 斟雉 淮南子曰楚有烹猴者而召其鄰人鄰人以爲犬羹而甘之後聞其猴據地而盡吐瀉其所食此未知味者楚辭曰彭鏗斟雉帝何饗王逸注曰彭鏗彭祖也好和滋味善斟雉羹事帝堯 子期走楚 羊斟入鄭 戰国策曰中山君饗大夫司馬子期在焉羊羹不遍子期怒走楚楚王伐中山中山君亡曰君以一杯羊羹亡国劉向說苑曰鄭伐宋宋將戰華元殺羊食士其御者羊斟不與焉及戰曰昔之羊羹子爲政今日之事我爲政與華元馳入鄭宋師敗績

〔賦〕張翰豆羹賦 孟秋嘉菽垂枝挺莢是刈是穫充簞盈簏香鑠和調周疾赴急

脯第十八

〔敘事〕釋名曰脯搏也乾燥相搏著也又曰脩脩縮也乾燥而縮也說文曰脯乾肉也

修脯也摶 補莫反 溥脯摶之屋上也腕骨脯也朐脯脡也周禮曰腊人掌乾肉凡田獸之脯腊膴胖 判 之 夫物解肆乾之謂之乾肉薄切曰脯捶之而施薑桂曰服修腊小物而乾者 祭祀共豆脯薦脯膴 呼 胖盧諶祭法春祠用脯夏用腷 悲逼反 脯儀禮曰鄉飲酒主人立于西階東薦脯使行出祖釋軷祭脯士冠賓東面薦脯禮記又曰婦人之贄脯修大夫燕禮有脯無膾有膾無脯穀梁曰束修之肉不行境中有至尊者不貳

事對

濁氏 腊人 漢書曰濁氏以賣脯而連騎張里以馬醫而擊鍾腊人事見敘事

追復 不減 東方朔神異經曰西北荒有遺酒追復脯焉其味如麞食一片復一片葛洪神仙傳曰左慈詣劉■請搞軍有酒一器脯一盤百人接酒賜兵人人三杯酒一片脯万人皆周而酒器如故脯亦不減

四脡 二朐 公羊傳曰魯昭公出奔齊侯使高子執簞食四脡脯稽首以祗受何休注曰屈中曰朐申曰脡呂氏春秋曰趙宣子將之絳見骫桑之下有餓人宣子與脯二朐拜受而不敢食問其故曰臣有母持以遺之宣子更賜之脯二束遂去

仙麟 冰鼠 葛洪神仙傳曰王方平至蔡經家與麻姑共設肴膳擗脯而行如巧栢炙云是麒麟脯東方朔神異經曰北方有曾冰万里厚百丈有鼷鼠在冰下食冰下草木肉重万斤可以作脯

瓊枝 金矢 楚辭曰折瓊枝以爲羞王逸注曰羞脯也周易曰嚙乾脯得金矢正義注曰四躰■陰卦骨之象骨在乾肉脯之象金象所以獲野禽以食之反得金矢君子於味必思其毒於利必備其難

堯箑 紂林 王充論衡曰堯庖廚中自生肉脯如箑形搖鼓生涼六韜曰紂以脯肉爲林

正膂通幹 左朐右末 杜育寂賦曰脯正

胥通幹[redacted]礼記曰以脯修置

者左朐右末鄭玄注曰屈中曰朐

賦 唐陳子昂麈尾

賦 天之浩浩兮物亦芸芸性命變化兮如絲之紛或以神[redacted]正直天蓋默默或以[redacted]惡強梁天亦茫茫此仙都之微獸固何負而離殃始居幽山之藪食平豐草之鄉不害物以利已不營利以同方何忘情而委[redacted]而[redacted]之不忘卒罹網以見逼授庖丁而離傷不以斯尾之有用而殺身於此堂爲君彫俎之羞厠君金盤之實承主人之嘉慶對象筵與寶瑟雖信美於兹辰詎同歡於疇昔客有感之而嘆曰命不可思神亦難測吉凶悔吝未始有極借如天道之用莫神于龍受戮爲醢不知其凶王者之瑞莫聖於麟遇害於野不知其仁神既不能自智聖亦不能自知況林棲而谷走之山鹿與野麋古人有言天地之心其間无巧[redacted]之則順動之則天諒物情之不異又何有於情矯故曰天之神明與物推移不爲事先動而輙隨是以至人無已聖人不知于欲全身而遠害豈是然而順所

餅第十七

敘事

釋名云餅并也搜麪使合并也胡餅言以胡麻著之也說文曰餅麪餈也楊雄方言曰餅謂之飥或謂之餦或謂之餛徐暢祭記五月麥熟薦新起漱白餅崔寔四人月令曰立秋無食煑餅及水溲餅崔鴻前趙錄曰石季龍諱胡改胡餅曰麻餅

事對

下乳 㬥頭 范汪祠制曰夏薦下乳餅臛孟秋下雀瑞孟冬祭下水引盧諶祭法曰春祠用㬥頭餳餅髓餅牢九夏秋冬亦如之夏祠別用乳餅冬祠用環餅也

麪起 水引 蕭子顯齊書曰永明九年正月詔太廟四時祭薦宣皇帝麪起餅又曰何戢爲司徒左長史太祖爲領軍與戢來往數置歡宴上好水引餅戢令婦女躬自執事以設上焉

十字 一筒 王隱晉書曰何曾尊豪累世蒸餅上不作十字不食東觀漢記曰光武問第五倫曰聞卿爲市掾有人遺卿母一筒餅知從外來奪之母遂探口餅出之倫對曰實无此衆人以臣愚蔽故爲出此言者也

薄夜 亥日 荀氏四時列饌傳曰

春祠有曼頭餅夏祠以薄夜代曼頭无能作以
白環餅雜五行書曰十月亥日食餅令人無病 進壺公
遺王悅 葛洪神仙傳曰壺公者從遠方來賣藥常懸一壺于
坐上每日入後跳入壺市掾費長房于樓上見之知
非常人也身爲掃除幷進餅公令長房共跳入壺但見樓觀五色
重門閣道侍者數十人謝綽宋拾遺記曰瑯琊王悅少厲青操
亮有風檢爲吏部郎隣省有會同者遺悅餅一甌辝
竟不受曰所費誠復小小然少來不欲當人之惠 劉子揚
知鹽 何平叔疑粉 皇甫謐玄晏春秋曰衛倫以郎應
會于京師過予而論及於味倫稱
魏故侍中劉子揚食餅知鹽生精味之至也予曰昔師曠識勞
薪易牙別淄澠子揚之妙抑未乎倫曰晉師曠易牙古之精也
魏之子揚今之妙子何間焉 啓語林曰何平叔美姿儀面絶
白魏文帝疑其著粉後正夏月喚來與熱餅既噉之汗出隨以
朱衣自拭色轉皎潔帝始信之

賦

束晳餅賦 若夫三春之初陰陽交際寒氣既濟溫不至熱于時
享宴則曼頭宜設 司方紀陽布暢服飲水隨陰而凉此
時爲餅莫若薄夜商風既厲大火西移鳥獸氄毛樹木疏枝

安桂坡舘

肴饌尚溫則起溲可施玄冬猛寒清晨之會涕凍鼻中霜凝口
外充虛解戰湯餅爲最然皆用之有時所適 苟錯其次則
不能斯善其可以通冬達夏終歲常施四時從用無所不宜唯
牢九乎尔乃重羅之麵塵飛白雪膠黏筋韌 濡澤肉則羊
膀豕脅脂 相半臠如蜿首珠連礫散薑桂 萃 切判剉
來椒蘭是灑是和拌鹽漉豉攬和膠亂於是火盛湯涌猛氣蒸
作振衣振裳握搦拊搏麵弥離於指端手縈回而交錯紛紛
落籠無迸肉餅無流麵姝媮冽敕薄而不綻弱如春
綿白若秋練氣勃鬱以揚布香飛散而遠遍行人垂涎
於下風童僕空嚼而邪眄擎器者甜脣立侍者乾咽

序

庾闡惡餅賦序 范子常者嘗造予宿臛雞爲餅遍之情甚
虛奇嘉之味不實聊作惡餅賦以釋之若乃
董盧飛名於華肆和[redacted]絕技於俗壓王孫駭嘆于曳
緒束子賦弱於春綿色必霜葩雪皓肉則錦爭雲僩

初學記卷第二十六

初學記卷第二十七

寶器部

錫山安國校刊

金第一

敘事　爾雅曰黃金謂之璗其美者謂之鏐餅金謂之鈑絕澤謂之銑西南之美者有華山之金石焉璗音蕩鏐林幽反即紫磨金也銑最有光澤也　許慎說文曰金有五色黃金爲長久埋不生百陶不輕西方之行也周易曰乾爲金尚書曰金曰從革周易參同契曰黃土金之父流珠水之母後漢書曰益州金銀之所出華陽國志曰廣漢涪水有金銀之礦王隱晉書曰鄱陽樂安出黃金鑿土十餘丈披沙之中所得者大如豆小如粟米南郡象林南有四國皆稱漢人貢金供稅後魏書曰枝豆

國出金銀河鈎老國出金珠齊書曰金車王者
至孝則出金人王者有盛德則游於後池林邑
有金山汁流於浦葛洪神仙傳曰容成公服三
黃得仙所謂雄黃雌黃黃金漢武內傳曰西黃
毋有九丹金液金漿林邑記曰上金爲紫磨金
又曰揚邁金孟子曰兼金好金也淮南子曰玦
五百歲生黃澒五百歲生黃金黃金千歲爲黃
龍玦石也中央數五故五百歲一化澒音胡貢反澒黃金水銀也秦以一鎰爲一金而
重一斤漢以一斤爲一金

事對

紫光 赤氣晉永

和起居注曰盧江太守路永表言於轂城北見水岸邊紫赤光
得金一枚狀如印齒地鎮圖曰黃金之氣赤黃千萬斤以上光
大若鏡盤金氣發大上赤下青也

鳴山 燿室 王子年拾遺記曰少昊時金鳴於山銀涌於地或如
龜蛇之類乍似人鬼之形崔鴻後燕錄曰董統上言於慕容垂曰臣聞陛下之奇有六焉厥初之奇金光燿室

賜郭

聘莊 宗躬孝子傳曰郭巨河內溫人也妻生男謀曰養子則不得營業妨於供養當殺而埋焉鍤入地有黃金一釜
上有鐵券曰黃金一釜賜孝子郭巨韓詩外傳曰楚襄王遣使持金千斤聘莊子欲以爲相莊子固辭不許

照魅

抵鼃 王子年拾遺記曰方丈山有池泥色金而味辛以泥爲器可作丹矣百鍊可爲金金色青照鬼魅猶如照面不
得藏形也燕丹子曰太子與荊軻之東宮臨池而觀軻拾瓦投鼃太子奉金丸軻用抵鼃復進軻曰非爲太子愛金也但臂痛
也

緘書 封璽 尚書曰武王疾周公作金縢孔安国注云爲請命之書藏之於匱緘之以金不欲人
開之也春秋運斗樞曰舜爲天子東巡臨觀黃龍五采負圖出置舜前圖以黃玉爲柙黃金繩封兩端章曰黃帝符璽也

探鳩　化鵲　劉義慶幽明録曰張安有張氏者晝獨處室有鳩自入止于對牀張惡之披懷祝曰鳩爾來爲我禍耶止承塵爲我福耶入我懷鳩翻飛入懷以手探之不知所在而得一金帶鉤焉遂宝焉自是之後子孫昌盛又曰常山張顥爲梁相天新雨後有鳥如山鵲飛翔稍下墮地人争取即化爲一圓石顥椎破之得一金印文曰忠孝侯印

蓬萊觀　崑崙臺　列子曰夏革殷謂湯曰渤海之東不知幾億万里有大壑中有山一曰岱輿二曰方壺三曰貟嶠四曰瀛洲五曰蓬萊其上高觀皆金闕關令内傳曰老子與伊喜登崑崙上金臺玉樓七寶宮殿晝夜光明乃大帝四王之所遊處有珠玉七宝之牀

詩　晉棗據詩　金玉有本質焉能不堅剛惟在遠爐炭幽居永潛藏

讃　晉郭璞金銀讃　惟金三品楊越作貢五材之珍是謂国用務經軍農爰及雕弄

銀第二

叙事　爾雅曰白金謂之銀其美者謂之鐐遼說文曰銀白金也漢書曰朱提銀重八兩爲一流直一千五百八十他銀一流直一千是爲銀貨朱提縣名屬犍爲後魏書曰銀出始興陽山縣又出桂陽陽安縣驪山有銀礦二石得銀七兩白登山亦有銀礦八石得銀七兩宣武帝詔並置銀宮每令採鑄後魏書曰後魏孝明皇帝開恒州銀山之禁與人共之魏志曰穢國男女繫銀廣數寸以爲飾廣州記曰廣州市司用銀米遂成縣任山有銀穴有銀砂瑞應圖曰王者宴不及醉刑罰中人不爲非則銀甕出

事對　洗礦　鑄礫　酈元注水經曰潺水山水源有金銀

礦洗取火合之以成金銀王韶之始興記曰小首山宋元嘉元年夏霖雨山崩自顛乃麓崩處有光耀有若辰焉居人往觀皆是銀礫鑄得銀也

搆宮　爲闕　列子曰周穆王執化人之袪騰而上天暨化人之宮搆以金銀絡以珠玉史記曰蓬萊方丈瀛洲此三神山也皆以黃金白銀爲宮闕

鏤盤　飾鼎　魏收後魏書曰大武皇帝和平二年詔中尚坊作黃金合盤鏤以白銀鈿以玫瑰阮諶三礼圖曰牛鼎受一斛天子飾以黃金錯以白銀

牓闕門　雕層閣　東方朔十洲記曰東方外有東明山有宫焉左右闕而立其高百尺建以五色門有銀牓以青碧鏤題曰天地長男之宮釋智猛游外国傳曰龜茲国高樓層閣金銀雕飾

銘

後魏大武帝作黃金盤鏤以白銀銘　九州致貢珠域來賓乃作茲器錯用奇珍鍜以紫金鏤以燭銀

珠第三

敘事

易川靈圖曰至德之盛五星如連珠禮斗威儀曰其政平德至淵泉則江海出明珠樊文淵七經義曰珠毋者大珠在中小珠環之爾雅曰西方之美者有霍山之多珠玉焉後漢書曰珠蜯中陰精也玓瓅明珠色也璣珠不圓也夫餘出珠大如酸棗常璩華陽國志曰廣陽縣山出青珠永昌郡博南縣有光珠宂出光珠珠有黃珠白珠青珠碧珠後魏書曰河鈎茇國出金珠伏無忌古今注曰章帝元和元年明珠出館陶大如李有光耀三年明珠出豫章海昏大如雞子圍四寸八分和帝永元五年鬱林

降人得大珠圍五寸七分山海經曰三珠樹生
赤水上其爲樹如栢葉皆爲珠徐衷南方草物
狀曰凡採珠常三月用五牲祈禱若祠祭有失
則風攪海水或有大魚在蚌左右白蚌珠長三
寸半在漲海中其一寸五分有光色一旁小形
似覆釜爲第一璫珠凡三品其一寸三分雖有
先色形不貞正爲第二滑珠凡三品郭義恭廣
志曰有珠稱夜光有至貞珠置地終日不停有
石珠鑄石爲之一名朝珠

事對

夜光 明月 魚豢魏略

曰大秦国出明珠夜光珠真白珠沈懷遠南越志曰海中有大珠明月珠水精珠

照金闕 歸瑤臺 東方朔神異經曰西北荒中有一金闕相去有丈有明月珠徑二尺光照二千里太公六■曰武王入殷釋紂之听拘刑罪皆免之歸瑤臺之珠

吐澤 藏川 春秋保乾圖曰吐珠於澤誰能不含宋均注曰珠出於野澤之中誰能不含取以爲宝也莊子曰修其道之謂備不以物挫志之謂完君子明於此則■平其事沛乎其爲萬物逝也若然者藏金於山藏珠於川

編星 照月 尚書考靈曜曰甲子冬至日月五緯俱起牽牛日月若編珠郭子橫洞冥記曰帝起甘泉望風臺臺上得白珠如花一枝帝以飾九華之蓋望之若照月

鳳銜 龍吐 王子年拾遺記曰黃帝之子名青陽是曰少昊一名摯有白雲之瑞号爲白帝有鳳銜明珠致於庭少昊乃拾珠懐之使照服於天下尚書考靈曜曰丣金出軫握命孔符赤用藏龍吐珠也■鄭玄注曰藏祕也珠宝物喻道也赤漢將用天之祕道

九品 六異 沈懷遠南越志曰珠有九品大五分以上至一寸入九分爲大品有光彩一邊小平似覆釜者名璫

珠璫珠之次爲走珠走珠之次爲滑珠滑珠之次爲磦砢珠磦砢珠之次爲官雨珠官雨珠之次爲税珠税珠之次爲葱符珠墨子曰和氏之璧夜光之珠三棘六異此諸侯所謂良宝

笑舞鶴　握靈虵 孫柔之瑞應圖曰晉平公鼓琴有玄鶴二双而下銜明珠舞於庭一鶴失珠覔得而走師曠掩口而笑曹植與楊德祖書曰偉長擅名於青土公幹振藻于海隅德璉發迹於北魏足下高視於上京當此時也人人自爲握靈蛇之珠家家自謂抱荆山之玉

曜瓊蚌　隱金沙 郭璞江賦曰瓊蚌晞曜以瑩珠石[redacted]應節而揚葩曹植遠遊篇曰夜光明珠下隱金沙採之誰遺漢女湘娥

出黄枝　遺赤水 林邑記曰黄枝州上戸殷富多明珠雜宝莊子曰黄帝游於赤水之北登于崑崙之丘而南望還帰遺其玄珠於赤水使智索之而不得离朱索之而不得使僫[redacted]反詬空豆反索之而不得乃使象罔得之黄帝曰異哉象罔乃可以得之乎

度寸　徑尺 韓詩外傳曰良玉度尺雖有十仞之土不能掩其光良珠度寸雖有百仞之水不能掩其輝王子年拾遺記曰燕昭王時有黑鳥白頭集王之所銜洞光之珠圓徑一尺此珠色黑如漆而懸室内百神不能隱其精靈

照乘　媚川 史記曰魏王與齊威王會田於郊魏王問曰若寡人国小尚有徑寸之珠照車前後十二乘者十枚奈何以萬乘之国而无寳陸機文賦曰石藴玉而山輝水懐珠而川媚

三色　七采 沈約宋書曰文帝詔太史令錢樂之作小渾天安二十八宿中外以白真珠及青黄三色珠爲三象星日月五星悉居黄道西京雜記曰高祖斬白蛇劒上有七采珠九華玉爲飾雜厠五色琉璃爲匣劒拄室光景猶照於外也

一篋　千金 管子曰桓公問管子曰昔者周人有天下諸侯賓服名教通於天下而奪於其下何數也管子對曰君分壤而貢入市朝同流黄金一篋也江陽之珠一篋也此謂以寡爲多以狹爲廣莊子曰河上有家貧窮者時緯蕭而食其子没川得千金之珠

白花　文鏡 郭子横洞冥記曰帝起甘泉望雲臺上得白珠如花一枝孝經援神契曰神靈滋百宝用則珠母璣鏡也宋均注曰事神明得則文珠有光可爲鏡

拾濁水　沉丹泉 抱朴子曰識珍者必拾濁水之明珠賞氣者必採䅉藪之芳蕙任蝦道論曰丹泉之珠沉於黄泥璠璵之宝蔵於森

石飾桂櫝鈿金盤 韓子曰楚人有 其珠於鄭者爲之木蘭之匱薰桂之櫝飾以珠玉綴以玫瑰魏收後魏書曰武皇帝和平二年秋詔中尚坊作黃金合盤十二具鈿以玫瑰珠玉也

賦

梁吳均碎珠賦 寶月生焉越浦隋川標魏之美擅楚之賢既登席而趨麗亦綴履而升妍豈銜恩以赴時獨佩蛟而騰天瀛淮激電甘海震雷明珠碎矣于川之隈視貝流而失轉見折水之喪迴謝驪宮之瑞飾粉靈蚌之神胎若有人兮声芒眛芳微斷兮明珠碎明珠碎兮[redacted]何宜珠之形兮不復全撫陸離之壞珮弔幽翳之金蹝豈照車與璿燭但黃塵及寒烟聊歌曰玉山之津兮已濡幽蘭之草兮亦舒又聞珩璧之獨照不見掌上之明珠已矣哉若使青雲之可尚當與碎珠之同棲

銘

晉江統珍珠銘 嗣茲陰景係晷太陽加彼金生廉声以彰

讚

晉郭璞蚌讚 萬物變蛻其理无方雀雉之化含珠懷璫與月虧盈協氣晦望

玉第四

叙事

周易曰乾爲金爲玉雒書曰玉者不藏金玉則紫玉見于深山服飾不逾祭服則玉英出大戴禮曰玉在山而木潤瑞應圖曰玉甕者聖人之應也不汲自盈王者飲食有節則出禮記曰君子比德於玉焉溫潤而澤仁也縝密以栗智也 縝緻也栗堅貌縝之忍反緻音稺 廉而不劌義也 劌傷也 垂之如墜禮也叩之其聲清越以長其終詘然樂也 越揚也詘止貌也詘音屈 瑕不揜瑜瑜不揜瑕忠也 瑕玉中病也瑜其中間美也 孚尹旁達信也 孚讀爲浮尹讀如竹箭之筠浮筠謂玉采色也采色旁達不有隱翳侶信 氣如白虹天也精神見于山川地也圭璋特

達德也天下莫不貴者道也詩云言念君子溫其如玉故君子貴之也禮含文嘉曰玉石得宜則太白常明禮稽命徵曰王者得禮制則澤谷之中有白玉焉逸論語曰玉十謂之區治玉謂之琢亦謂之雕雙玉爲瑴五瑴爲區彫治璞也瑴音角瑳玉色鮮白也瑩玉色也瑛玉光也瓊赤玉也璿瑾瑜美玉也璑舞三采玉也玪瑲琤瑱瑝鍠玉聲也璬玉佩也瑱充耳也璪玉飾以水藻也山海經曰珏二玉相合珏音角瑁琉夷蠻係耳玉也稷翼之山及

鹿臺山其上多白玉瑜次之山多嬰垣之玉泰冒之山浴水出焉其中多藻玉密山之上丹水出焉其中多玉膏其源沸湯黃帝是食玉膏之所出五色乃清五味乃馨栗精密澤而有光五色發作以和柔剛天地鬼神是食是饗君子服之以禦不祥龍首之山若水出焉其中多美玉放皐之山明水出焉其中多蒼玉平丘在三桑東爰有遺玉十洲記曰瀛洲有玉膏如酒名曰玉酒飲數升輒醉令人長生京兆記曰藍田出

曰西王母云昌城玉蘂夜山火玉又長州名青丘仙草靈藥甘液玉英靡所不有　一見紫光　浮

青氣　沈約宋書曰紫玉玉者不藏金玉則光見深山地鏡圖曰玉石之精也其在石中若山中石潤而浸旁有水其居地其氣青而浮其氣青白而圓光轉其地中常潤

賦　晉傅咸玉賦　万物資生玉禀其精體乾之剛配天之清故能加在昔實用罔極夫豈君子之是比乃王度之所式其爲美也若此當其潛光荊野抱璞未理衆視之以爲石獨見分於下子曠千載以遐弃欻一朝而見齒爲有国之偉宝薦神祇於明祀豈連城之足云喜遭遇於知巳

錢第五

敘事　周官曰泉府上士四人中士八人下士十有六人　鄭玄注曰泉或作錢　國語曰周景王二十一年將鑄大錢以振救人於是乎有母權子而行　母重也重大倍故爲母子輕也其輕小半故爲子　漢書曰凡貨金錢布帛之用殷夏以前其詳靡記太公爲周立九府圜法　圜即錢也　秦兼天下幣爲三等上幣銅錢質如周錢文曰半兩重如其文漢高后二年行八銖錢六年行五銖錢　應劭曰秦作錢質如周錢文曰半兩則八銖也漢以太重更鑄莢錢今民間楡莢錢是也人患其太輕復行八銖錢五銖者應劭所謂莢錢　文帝五年除盜鑄錢令更造四銖錢　應劭曰四銖錢文亦曰半兩　文帝建元元年行三銖錢五年罷三銖行半兩時郡國鑄錢人多公卿請令京師鑄官赤仄　仄者以赤銅爲之郭　一當五賦官用非赤仄不行禁郡國無得鑄專令上林三官鑄而

天下非官錢不得行王莽居攝變漢制造大錢徑寸二分重十二銖文曰大錢五十又造契刀錯刀其環如大錢身形如刀長二寸文曰契刀錯刀以黃金錯其文曰一刀直五千與五銖錢凡四品並行莽即真乃罷錯刀契刀及五銖錢而更作金銀龜貝錢布之品名曰寶貨小錢次七分三銖曰公錢一十次八分五銖曰幼錢二十次九分七銖曰中錢三十次一寸九銖曰壯錢四十因前大錢五十是爲錢貨六品魏志曰黃初二年以穀貴罷五銖錢華陽國志曰公孫述廢銅錢置鐵錢百姓貨賣不行宋書曰元嘉七年六一錢署鑄四銖錢宋略曰泰始中通私鑄而錢大壞矣一貫長三寸謂之鵝眼錢減此者謂綖環錢貫之以縷入水不沉市井不復料數十萬不盈一掬斗米一萬他物稱之至是禁鵝眼綖環餘別通用也

事對

鮫文　鵝眼　郭子橫洞冥記曰帝升望月臺有三青鴨化爲三小童皆著青綺文襦合握鮫文之大錢三枚以置帝几前身止而影動因名曰輕影錢裹子野宋略曰沈慶之啓通私鑄而錢大壞矣一貫長三寸謂之鵝眼錢

贖罪　買官　漢書

曰逢慮公主病因以金千斤錢千萬爲子昭平君豫贖一死罪
武帝許之九州春秋曰靈帝賣官廷尉崔烈入錢百万以買司
徒烈拜之曰天子臨軒顧謂
左右曰恨不小靳可至千萬

青鳬 **白撰** 千寶搜神記曰南方有蟲其形
似蟬而大其子著草葉如蚕種得子以歸則毋飛來就之殺其母
以塗其子以其子塗毋用錢貨市旋則自還故淮南子術以之
還錢名曰青鳬漢書曰武帝更錢造銀錫爲白金以爲天用莫
如龍地用莫如馬人用莫如龜故曰金三品其一重八兩圜之
其文龍名
曰白撰

選一 **投三** 華嶠後漢書曰劉寵字祖榮拜會稽太守政不煩苛徵爲將作大匠
山陰有五六老叟人賫百錢送寵曰鄙生未嘗識郡朝自明府
以來狗不夜吠人不見吏今聞當見弃去故自扶奉送寵爲人
選一大錢受之趙岐三輔決録曰安陵
清者項仲山飲馬渭水每投三錢而去

白金 **赤仄** 漢書曰武
帝更錢造銀錫爲白金又曰武帝時郡国錢多輕而
公卿請令京師鑄官赤仄如淳注曰以赤銅爲其郭

體乾
效地 蔡毋氏錢神論曰黃金爲父白銀爲毋鈆爲長男錫爲
適婦天性剛堅須火終始體圓應乾孔方効地王隱晉
書曰惠帝時有錢神論曰錢之爲體
有乾坤之象其積如山其流如川

數甕 **一囊** 王韶之始興記
曰勞口東岸有石四方高百餘仞其狀如臺注云父老相傳此
石昔有三人伐木以作橋於石頂戲見數甕錢共取半甕還趙
壹詩曰伊憂北堂上抗髒倚門
前文史徒滿腹不如一囊錢

三官鑄 **九府法** 漢書曰禁
郡国无得鑄錢專令上林三官鑄而今天下非
三官鑄不得行又曰大公爲周立九府圓法

論 王隱晉
書曰惠帝時有錢神論曰 錢之爲躰有乾坤之象其積如山其流如川動
靜有時行藏有節市井便利易不患耗難折象壽不匱象道故
長久爲世神宝親故如兄字曰孔方失之則貧弱得之則富
昌無翼而飛无足而走解嚴毅之顏開難笑
之口錢多者處其前錢少者居其後云云

啓 陳張正
見錢啓 豈期疲痾壁立猥蒙殊賜名稱榆莢非投飲焉之
橋價重圓泉寧弃叟雞之野暫移周府続經漢鑄
始降王門忽光私室青鳬去質笑夷
甫之不言赤仄埀緡重河間之能數

錦第六

敘事 劉熙釋名曰錦金也作之用功重其價如金故制字帛與金也丹陽記曰歷代尚未有錦而成都獨稱妙故三國時魏則市於蜀吳亦資西蜀至是始乃有之益州記曰錦城在益州南笮橋東流江南岸昔蜀時故錦官也處號錦里城墉猶在鄴中記曰錦有大登高小登高大明光小明光大博山小博山大茱萸小茱萸大交龍小交龍蒲桃文錦班文錦鳳皇朱雀錦韜文錦桃核文錦或青綈或白綈或黃綈或綠綈或紫綈或蜀綈工巧百數不可盡名也

事對

文龍 朱雀 魏志曰景初中賜倭女王絳地文龍錦五疋陸翽鄴中記曰御府中有鳳皇錦朱雀錦

班文 綠地 陸翽鄴中記曰織錦署在中尚坊三署皆數百人有班文錦西京雜記曰武帝時得貳師天馬以玫瑰石為鞍鏤以金銀以綠地五色錦為蔽泥

綢杠 束髮 爾雅曰素錦綢杠郭璞注曰以白地錦韜旗之竿也礼記曰童子之飾也緇布衣錦緣錦紳并紉錦束髮

維舟 挽車 韋昭吳書曰甘寧住止常以繒錦維舟去輙割弃以示奢侈虞溥江傳曰陸遜攻劉備於夷陵備捨船步走燒皮鎧以斷道使兵以錦挽車走入白帝

似雲霞 若燈燭 王子年拾遺記曰嶓支国人時來獻貢有列埰錦文似雲霞覆於日月如城雉樓埰也又曰嶓支国人時來獻貢有列錦文似列於燈燭

鸞章 虎文 王子年拾遺記曰周靈王起昆昭之臺以享群臣張鸞章錦文如鸞翔漢官儀曰虎賁中郎將古官衣紗縠單衣虎文錦袴餘文郎亦然

明光

柔滑陸翽鄴中記曰石季龍冬月施熟錦流蘇斗帳四角安純金龍頭銜五色流蘇或用黃綈博山文錦或用紫綈大小明光錦王子年拾遺記曰員嶠之山名環丘東有雲石廣五百里有蠶長七寸黑色有角有鱗以霜雪覆之然後作繭長一尺其色五綵織為文錦入水不濡其質輕㜽柔滑

翻鴻　文鳥郭子橫漢武列国洞冥記曰元鼎元年起招仙靈閣於甘泉宮西編翠羽麟毫為簾有走龍錦有翻鴻錦異物志曰錦鳥文章如丹地錦而藻繢互交俗人見其似錦因謂之錦鳥

詩　前秦苻堅秦州刺史竇韜妻蘇氏織錦迴文七言詩仁智懷德聖虞唐真妙顯重榮章臣賢惟聖配英皇倫匹離飄浮江湘津河隔塞殊山梁民士感曠怨路長身微閔已處幽房人賤為女有柔剛親所懷想思誰望純清志潔齊冰霜新故惑憶殊面牆春陽熈茂彫蘭芳琴清流楚激絃商奏曲發声悲摧藏音和詠思惟空堂心憂增慕懷慘傷

繡第七

叙事　周官曰五色備謂之繡此言刺繡衣所用也釋名曰繡脩也文脩然尚書曰予欲觀古人之象日月星辰山龍華蟲作繪宗彝藻火粉米黼黻絺繡禮記曰仲秋之月命有司文繡有恒必循其故所以交於神明者不可以同於所安樂之義也故有黼黻文繡之美疏布之尚反女功之始也春秋元命包曰織女之為言神女也成衣立紀故齊能成文繡應天道女功之事齊能神天下故懸以衣人得此氣漢書曰賈人無得衣錦繡綺縠絺綌紵罽景帝詔曰錦繡纂組害女功也又曰黼黻

者古天子之服也今富人大賈嘉會召客以被
牆也晉東宮故事曰太子納妃有絳杯羅繡幅
被一孫卿子曰天子者勢至重尊無上矣衣被
則五綵雜間色重文繡加飾之以珠玉也范子
計然曰古者庶人老耋而後衣絲其餘則麻枲
而已故曰布衣今富者綺繡羅紈素綈冰錦也
繡細文出齊上價匹二萬中萬下五千也

事對

連煙　布地　漢武別国洞冥記曰元鼎元年起仙靈閣編翠羽麟毫爲簾有連烟之綉走龍之錦潛潭巴曰天子文綉布地地必動絶無嗣也

加五采　成六幣　王充論衡曰綉之未刺錦之末織絲帛何以異哉加五采之巧施針縷之飾則文章炫燿學士有文章其猶絲帛布五色之功周礼曰合六幣圭以馬璋以皮璧以帛琮以錦琥以綉璜以黼此六物者以和諸侯之好

衣馬　藻龍　史記曰楚莊王有所愛馬衣以文綉置華屋之下席之以露牀啗之以棗脯郭子横漢武別国洞冥記曰甘泉宫有霞光綉有藻龍綉

賦

梁張率繡賦　尋造物之妙巧固飾化於百工嗟莫先於黼綉自帝虞而觀風雜藻火與粉米鬱山龍與華虫若夫觀其絺綴與其依放龜龍爲文神仙成象摠五色而極思藉羅紈而發想具萬物之有狀盡衆化之爲形既綿華而稠彩亦密照而踈明若春隰之揚蘺似秋漢之含星已間紅而的紫■表玄而裏素間綠竹與蘅杜雜青松與芳樹若乃邯鄲之女宛洛少年顧影自媚窺鏡自怜極車馬之光飾盡衣裳之妖妍既徙倚於丹墀亦徘徊於青閣不息末而反本吾謂遂離乎流薄

羅第八

敘事　劉熙釋名曰羅文羅踈也魏志曰

魏制自公列侯以下大夫以上皆得服綾錦羅綺紈素金銀飾鏤之物自是以下雜綵之服通于賤人張敞東宮舊事曰太子納妃有絳眞文羅幅被一絳眞文羅袴七晉書曰晉令六品以下得服羅綃

事對

杯文 金簡 張敞東宮舊事曰太子納妃絳眞文羅二幅被一太上黃庭經曰黃庭爲不死之道受者齋九日然後受之結盟立誓期以勿洩古者盟以玄雲之錦九十尺金簡鳳文之羅四十尺

薦地 從風 漢武内傳曰帝七月七日掃除宮掖之内設座大殿之上以紫羅薦地燔百和香然九微燈以待王母孫子曰隋珠耀日羅衣從風

絹第九

敘事

劉熙釋名曰絹絙也一音古費反又音古兩反其絲厚而疏也廣雅曰繁緫鮮支縠絹也後魏書曰四民月令曰八月清風戒寒趣絹縑帛晉故事凡民丁課田夫五十畝收租四斛絹三疋綿三斤凡屬諸侯皆減租穀畝一斗計所減以增諸侯絹戶一疋以其絹爲諸侯秩又分民租戶二斛以爲侯奉其餘租及舊調絹二戶三疋綿三斤書爲公賦九品相通皆輸入於官自如舊制晉令其趙郡中山常山國輸縑當絹者及餘處常輸疎布當綿絹者縑一疋當絹六丈疎布

安桂坡舘

一疋當絹一疋絹一疋當綿二斤舊制人間所
織絹布等皆幅廣二尺二寸長四十尺爲一端
令任服後乃漸至濫惡不依尺度 事對 王獻
書 沈慶夢 沈約宋書曰王欣父不疑爲烏程令欣年十二王獻之爲吳興甚知愛之嘗夏日入縣欣著新
絹裙晝寢獻之書裙幅而去欣書本工因此弥善又曰沈慶之
字弘先廢帝遣從子攸之賫藥賜慶之死時年八十是慶之夢
有人以兩疋絹與之謂曰此絹足度謂人曰老
子今年不免矣兩疋八十尺足度無盈餘矣 踈絙 繁總
劉熈釋名曰絹絙也絲厚而踈也廣雅繁總鮮支縠絹也 光如雪華 輕比蟬翼 魏文
帝說諸物曰江東葛爲可寧比總絹之總輩其白如雪華輕譬蟬翼 啓 梁徐勉謝勑賜絹啓
臣勉言傳詔傳靈惠宣勑垂賜絹二十疋伏惟皇太子睿情天
發粹性玄凝作震春方繼離朱陸嘉日莪辰畢宮告始龍樓起 吳

曜博望增華含生息藻率土抃躍臣運屬會昌命逢多幸預奉
休盛復須恩錫白素起獨之色兼兩邁丘園之賁慶荷之情
實百常品不任下情謹奉啓謝聞謹啓 梁庾肩吾謝武陵王賚絹啓 肩吾
啓蒙絹二十疋清河之珍丘園慙其束帛關東之妙耆纖[illegible]
其卷絹下官謬春扁舟暫瞻還旆而天人渥眄增餘論之榮江
漢安流無沂洄之阻遂使鶴露霄凝輕絲亡变鴈風朝急[illegible]服
成溫有謝筆端元辞陳報不任下情謹奉啓事謝聞謹啓

草部 附

五穀第十

敘事 周易曰日月麗于天百穀草木麗
于土周書曰凡禾麥居東方黍居南方稻居中
央粟居西方菽居北方周官曰太宰以九職任
萬民一曰三農生九穀 鄭司農云稷秫黍稻麻大小豆大小麥 凡王之

膳食用六穀鄭司農云稻黍稷粱麥苽以五味五穀五藥養其
病鄭玄注五穀麻黍稷麥豆職方氏掌天下之圖辨其邦國都
鄙九穀之數揚州荊州其穀宜稻豫州幷州其
穀宜五種鄭玄云黍稷菽麥稻青州其穀宜稻麥兗州其穀
宜四種黍稷稻麥雍州冀州其穀宜黍稷幽州其穀
宜三種黍稷稻大戴禮曰食氣者神明而壽食穀
者智惠而巧不食不死禮斗威儀曰歲凶年穀
不登君膳不祭肺馬不食穀孟春之月天子乃
以元日祈穀于上帝孟夏驅獸無害五穀仲夏

之月乃命百縣雩祀百辟以祈穀實孟秋之月
農乃登穀天子嘗新先薦寢廟臣專政私其君
位則草木不生禾穀不實穀梁傳曰一穀不升
曰嗛二穀不升曰饑三穀不升曰饉四穀不升
曰康五穀不升曰荒大祲之禮君食不兼味廷
道不除百官布而不制鬼神禱而不祠五穀皆
熟爲有年揚雄方言曰凡以火乾五穀之類出
自山東齊楚以往曰熬隴冀以往曰煏平力反秦
晉之間曰聚創眇反揚泉物理論曰穀氣勝元氣

其人肥而不壽養性之術常使穀氣少則病不生矣粱者黍稷之揔名稻者溉種之揔名菽者衆豆之揔名三穀各二十種爲六十蔬果之實助穀各二十凡爲百穀故詩曰播厥百穀者穀種衆種之大名也范子計然曰五穀者萬民之命國之重寶東方多麥稻西方多麻北方多菽中央多禾五土之宜各有高下高而陽者多豆平而陰者多五穀許慎說文曰禾嘉穀也木王而生金王而死禾之秀實爲稼莖節爲禾一曰

稼事也在野曰稼禮記曰稻曰嘉蔬蔡邕月令曰十月穫稻九月熟者謂之半夏稻異物志曰交阯一歲再種抱朴子曰南海晉安有九熟之稻郭義恭廣志曰有虎掌稻紫芒稻赤穬稻有蟬鳴稻七月熟稻有蓋下白正月種五月穫穫其莖根復生九月復熟青芋稻六月熟累子稻白漢稻七月熟此三種大且長三枚長一寸半養生要集曰秔稻屬也稻亦秔之揔名也道家方藥有用稻米秔米此則是兩物也稻米粒白

如霜味苦主温服之令人多瘦無肌膚秔米味
甘主利五臟長肌膚好顏色說文曰秫稷之粘
者也又曰秫粘粟也崔豹古今注曰稻之粘者
爲秫禾之粘者爲黍廣志曰秫有赤有白有胡
秫早熟及麥養生要集曰秫米味酸氾勝之書
曰黍者暑也種必除暑先夏至三十日禮記曰
黍曰薌合說文曰秬黍也一稃二米所以釀鬯
黍禾屬粘者也孔子曰黍可以爲酒廣志曰有
鷰頷黍牛黍南尾秀成赤黍馬革大黑黍秬黍
有温毛黄黍白黍說文曰稷五穀之長也廣志
曰破藏稷逼麥稷也此二者以四月熟本草曰
稷米甘無毒主益氣補不足說文曰粟嘉穀之
實也粟之爲言續也廣志有赤粟白莖粟有黒
粟有張公班粟本草曰陳粟味苦無毒主胃痺
熱中渴利小便崔豹古今注曰穈穄也後漢書
曰烏九國其地宜穄呂氏春秋曰飯之美者山
陽之穄楊泉物理論曰粱者黍稷之揔名也爾
雅曰虋門赤苗芑白苗郭璞注虋赤粱粟芑白粱粟皆好穀廣志曰

有具粱解粱有遼東赤粱本草曰白粱味甘微
寒無毒主除熱益氣有襄陽竹根者最佳黃粱
出青冀左思魏都賦曰有雍丘之粱崔駰七依
曰玄山之粱廣雅曰大豆菽也小豆荅也豍豆
豌豆留豆也胡豆跨雙也豆角謂之莢其葉謂
之藿也巴菽巴豆也說文曰萁豆莖楊泉物理
論曰菽者衆豆之揔名也廣志曰重小豆一歲
三熟甎甘白豆麄大可食刺豆亦可食秬豆苗
似小豆紫華可爲麪生朱提建寧胡豆有青有

黃者禮記曰仲秋之月天子乃以犬嘗麻先薦
寢廟淮南子曰汾水濛濁而宜麻養生要集曰
麻子味甘無毒主補中益氣服之令人肥健麻
子一名麻蕡一名麻勃廣雅曰苣藤弘胡麻也
抱朴子曰胡麻一名方莖服餌不老耐風濕其
葉名青蘘廣雅曰大麥麰牟也小麥䅘也說文
曰麥金也金王而生火王而死麰周所受來麰
也稍麥莖廣志曰稞麥似大麥出涼州旋麥三
月種八月熟出西方赤小麥而肥出鄭縣有半

夏小麥有秀芒大麥有黑穬麥

事對

靈稼　嘉穀　曹植杜頌曰靈稼阿那一禾千莖許慎說文曰禾嘉穀也王二月始生八月而熟得時之中故謂之禾此其義也

合穎　連莖　魏[redacted]後魏書曰許謙字元遜代人也子洛陽爲鴈門太守家田三生嘉禾皆異壟合穎春秋說題詞曰嘉禾之滋莖長五尺五七三十五故連莖三十五德以成盛德

六穟　三苗　虞預會稽典錄曰謝承遷吳郡督郵歲穰嘉禾六穗生於部屬尚書大傳曰成王時有苗異莖而生同爲一穗人有上之者王召周公而問之公曰三苗爲一穗抑天下其和爲一乎

銜滋　吐秀　春秋說題曰禾者銜滋夜宋均注曰銜滋夜以生故以禾爲名也鄭婚礼謁文讚曰嘉禾爲穀班祿是宜吐秀五七乃名爲嘉

充箱　實野　尚書大傳曰成王時有苗異莖而生同爲一穗長充箱董仲舒春秋繁露曰禾實於野粟郵於倉皆奇怪非人意者也

北里　西山　史記曰管仲說桓公曰古之封禪北里之禾所以爲盛蘇林注曰北里地名也阮籍詩曰豈若西山草琅[redacted]與

丹不

照九阿　齊萬畝　阮籍詩曰垂穎臨曾城餘光照九阿曹植杜頌曰秀吐穟乃畝齊平蔭蓋隴百穢

九熟　再種　抱朴子曰南海晉安有九熟之稻楊孚異物志曰交趾冬又熟農者一歲再種

青穟　紫莖　周處風土記曰穬稻之青穟米皆青白也許慎說文曰稻稌也穛稰紫莖不黏者

半夏　一旬　蔡邕月令章句曰十月穫稻人君嘗其先熟故在季秋九月熟者謂之半夏稻王子年拾遺記曰東有融皐五穀多良有浹日之稻言一旬而生也

紫芒　赤穬　郭義恭廣志曰有虎掌稻紫芒稻又曰有赤穬白米稻南方有蟬鳴稻累子稻白漠稻並七月熟

青芊　白莖　郭義恭廣志曰有青芊稻六月熟王子年拾遺記曰東極之東有和靈稻言寒者食之則溫熱者食之則體冷莖多白

黑穬　白霜　郭義恭廣志曰秔有烏秔黑穬有青幽白夏之名本草經曰杭米味苦主溫米粒白如霜

五里香　三月種　魏文帝與朝臣書曰江表唯長沙名有好米何時比新城秔耶上風吹之五里聞香崔寔四人月令曰三月可種杭稻

秋

薦夏登 禮記曰庶人春薦韭夏薦麥秋薦黍冬薦稻又曰仲夏之月農乃登黍也 滿握 盈[redacted]
疇 劉頡魯都賦曰黍稷油油秔稌莪芒殘穟蒲握一穎盈王粲登樓賦曰背墳衍之廣陸兮臨皐隰之沃流[redacted]弥陶牧
西接昭丘華實蔽野黍稷盈疇 鷩鴒 馬革 郭義恭廣志曰黍有鷩鴒之名又有驢皮黍又曰牛黍南
尾秀成赤黍馬革大黑黍 芃芃 銍銍 毛詩曰芃芃黍苗陰雨膏之悠悠南行召伯勞之爾雅曰銍銍
穫也劉熙釋名曰銍銍斷黍稷声 東門徙 南夷獻 韓子曰吳起欲攻秦小亭置一石赤
黍門外令人能徙此於西門外者賜之上田宅人争徙之乃下令曰明日攻秦能先登者仕之大夫賜之上田宅於是攻之一朝而
拔沈約宋書曰黄帝時南夷乘白鹿來獻秬鬯爾雅云秬黒黍 薦宗廟 享司寒 古今注曰
和帝元興元年黒黍禾二實生任城得米三斗八升以薦宗廟左傳曰申豐對季武子曰其藏冰也黒牡秬黍以享司寒牲頭
注云黒牡黒牲秬黍黒黍也司寒北方玄冥之神也故物皆用黒有事於外故祭其神 盈倉 破藏

毛詩曰我黍與與我稷翼翼我倉既盈我庾惟億郭義恭廣志曰破藏稷也 四月熟 五穀長
郭義恭廣志曰逼麥稷以四月熟許慎説文曰稷五穀之長 瓊膏 玉粒 王子年拾遺記曰東極之
東有瓊脂粟言質白如玉柔滑如膏食之盡壽不病又曰負嶠之山名環丘上有方湖千里多大鵠高一丈群飛於湖際銜採
不周之粟於環丘之上粟生穟高五丈其粒皎然如玉也 龍枝 鳳冠 王子年拾遺記曰東極之東有
龍枝之粟言其枝屈曲似游龍食之善走又曰有鳳冠粟似鳳之冠食者令人多力 千株 五變 王子
年拾遺記曰東極之東有雲渠粟藂生葉似扶蕖食之益顔色粟莖赤多黄皆長二丈千株藂生春秋説題辭曰粟五変以陽
化生爲苗秀禾三変而發謂之粟四変入臼米出甲五変而蒸飯可食之 大粒 長枝 楊泉物理論曰
凡種有強弱土有剛柔土宜強高[redacted]而踈粟長穗而大粒王子年拾遺記曰東極之東有耀枝粟言其枝長而弱无風自搖食
之[redacted]壽 薌萁 鹽鑽 禮記曰祭宗廟之禮粱曰薌萁郭義恭廣志曰塩鑽粱粒如蟣子魏文帝以爲

長莖　大目　呂氏春秋曰得時之菽長莖而[illegible]足其莢二七以爲族多枝數節競葉蕃實春秋左
助期曰豆神爲靈趙長七尺大目通於時節　紫花　綠色　郭義恭廣志曰秬豆苗似小豆紫華可爲
麪生朱提王子年拾遺記曰東極之東有傾離豆見日即傾葉食者歷歲不飢豆莖皆大若指而綠一莖爛漫數畝以　紫
色　紅莒　王子年拾遺記曰東極之東有紫實之麻粒如粟色紫迮爲油則汁如清水食之目視鬼魅也又曰
有倒葉麻如倒莒紅色紫亦名紅冰麻言冰寒乃有實　益氣　飛明　本草經曰麻子味甘无毒主補
中益氣令人肥健王子年拾遺記曰有飛明麻葉黑實如玉風吹之如塵亦名明塵麻　紅冰　紫粒　王子
年拾遺記曰東極之東有在葉麻色紅赤亦名紅水麻食之令人顏色白潔又曰有紫實麻粒如粟粹以上　一莖　九
穗　晉起居注曰天康十年嘉麥出扶風郡一莖而穗傾皆有枝實三倍崔鴻前涼錄曰永嘉元年嘉麥一莖九穗生于如藏
三葉　兩歧　呂氏春秋曰孟夏之山百穀三葉而獲大麥東觀漢記曰張堪爲泪陽大守勸人耕種以致殷

富曰姓歌曰桑无府枝麥穗兩岐以上　賦　晉張翰豆羹賦　乃有孟秋皆菽垂枝挺莢是則是穫
先簞盈篋香鏁和調周疾赴急則御一杯不咽三歎時在下邑頗多艱難空匱之厄因不輟懽追合昔日啜菽求安　讚
晉湛方生孫苗讚　蒨蒨嘉苗擢擢皆則弱葉繁[illegible]肩棘踈植流津沃根輕露濯色
蘭第十一　敘事　說文曰蘭香草也離騷曰紉秋蘭
以爲佩又曰秋蘭兮蘼蕪楚詞曰疏石蘭兮
以爲芳　王逸曰石蘭香草疏布也　易曰同心之言其臭如蘭　蘭芳
也　禮記曰婦人或賜之茝蘭則受獻諸舅姑家
語曰芝蘭生於深林不以無人而不芳君子脩
道立德不爲困窮而改節文子曰日月欲明浮

雲蓋之叢蘭欲發秋風敗之孫卿子曰民之好
我芬若椒蘭也
事對
燕夢 謝庭 左傳曰鄭文公有賤妾曰燕姞
夢天與巳蘭曰余為伯儵余而祖也以是為而子蘭有国香人
服媚之文公與之蘭而御之辞曰妾不才幸而有子將不信敢
徵蘭乎公曰諾語林曰謝太傅問諸子姪曰子弟何預人事而
政欲使其佳諸人莫有言者車騎答曰譬如芝蘭玉樹欲使其生於庭階
紉佩 蔭池 離騷曰紉秋蘭以爲佩晉傅玄詠秋蘭詩曰秋蘭蔭玉池池水清且芳雙魚自踊躍兩鳥時徊翔
綠葉 紫莖 離騷曰秋蘭兮蘼蕪羅生兮堂下綠葉兮素莖芳菲菲兮襲予秋蘭兮青青綠葉兮紫莖
丹穎 縹帶 左思齊都賦曰其草則有杜若蘅菊石蘭芷蕙紫莖丹穎湘葉縹帶
賦
顏師古幽蘭賦 惟奇卉之靈德稟国香於自然洒嘉言而擅美擬自操以稱賢詠秀質於
楚賦騰芳声於漢篇冠庶邑而超絕歷終古而弥傳若乃浮雲
卷岫朗月澄天光風細轉清露微懸莖膏潤綠葉水鮮若翠羽

之羣集譬形霞之竟然感覊旅之招恨押寓客之留連既不遇
於顰採信无憂乎剪伐魚始陟以先萌題雖鳴而未歇願擢穎
於金陛思結陰乎玉池泛旨酒之十醞耀華燈於百枝
詩
太宗文皇帝詠芳蘭詩 春暉開紫苑淑景媚蘭湯映庭含淺色凝露泫浮光日麗參差影風和輕重香會須君子折佩裏非芬芳
梁孝元帝賦得蘭澤多芳草詩 春蘭本无絕春澤最葳蕤燕姬得夢罷尚書奏事歸臨池影入浪從風香拂衣當門巳芬馥入室復芳菲蘭生不擇逕十步豈難稀
後梁宣帝詠蘭詩 折莖聊可佩入室自成芳開花不競節含秀委微霜
陳張正見賦新題得蘭生野逕詩 披襟出蘭畹命酌動幽心鋤罷還開路歌喧自動琴華燈共影落芳杜雜花深莫言閑逕裏遂不斷黃金

菊第十二

敘事
爾雅云菊治蘠也周處風俗記
曰精治蘠皆菊之花莖之別名也生依水邊

其華煌煌霜降之時唯此草盛茂九月律中無射俗尚九日而用候時之草也名山記曰道士朱孺子服菊草乘雲升天抱朴子曰精更生周盈皆一菊也而根莖花實異名者或無効者故由不得真菊又曰菊花與薏花相似直以甘苦別之耳菊甘而薏苦所謂苦如薏者也應劭風俗通曰南陽酈縣有甘谷水甘美云其山上大有菊落水從山上流下得其滋液谷中有三十餘家不復穿井仰飲此水上壽百二三十其中

年七八十者名之大夭菊花輕身益氣令人堅彊故也本草經曰菊有筋菊有白菊黃菊菊花一名節花一名傳公一名延年一名白花一名精一名更生又云陰威一名朱嬴一名女花其菊有兩種者一種紫莖氣香而味甘美葉可作羹爲真菊一種青莖而大作蒿艾氣味苦不堪食名薏非真菊也

事對

白華　黃葉　吳氏本草曰菊華一名白華盧諶菊賦曰翠葉雲布黃蘂星羅熒明晴粲菴藹猗那

青柯　紫莖　鍾會菊華賦曰青柯紅芒

嵇含菊花銘曰煌煌丹菊暮秋弥榮旋蕤圓秀翠葉紫莖詵詵仙徒食其落英

糅玉英　耀金華

鍾會菊花賦曰撥以纖手承以輕巾揉以玉英納以朱脣服之者長生食之者通神 左九嬪菊花頌曰英英麗質禀氣靈和春茂翠葉秋耀金華

儀鳳朱鵷 星羅雲布 潘尼秋菊賦曰馨達幽遠光燭隰原招仙致靈儀鳳舞鸞飛莖散葉倚靡相尋游女望榮而巧笑鵷鶵遥集而哢音盧諶菊賦曰何斯草之特瑋涉節变而不傷越松柏之寒茂越芝英之冬芳翠葉雲布黃蘂星羅

賦

魏鍾會菊花賦 何秋菊之可竒兮獨華茂乎凝霜提歲蘩於蒼春兮表壯觀乎金商延蔓蓊鬱緑阪被崗縹幹緑葉青柯紅芒芳實離離暉藻煌煌微風扇動照曜垂光於是季秋初月九日數并置酒華堂高會娛情百卉彫瘁芳菊始榮紛葩韡曄或黃或赤乃有毛嬙西施荊姬秦嬴妍姿妖艷一顧傾城擢纖纖之素手雪皓腕而露形仰撫雲髻俯弄芳榮

晉潘尼秋菊賦 垂采偉於芙蓉流芳越於蘭林游女望榮而巧笑鵷鶵遥集而弄音若乃真人採其實王母接其葩或充虛而養性或增妖而揚娥既延期以求壽又蠲疾而弭洞

詩

唐太宗文皇帝賦得殘花菊詩 階蘭凝曙霜岸菊照晨光露濃晞晚笑風勁淺殘香細葉彫輕翠圓花飛碎黃還將今歲色復結後年芳

宋鮑昭荅休上人菊詩 酒出野田稻菊生高岡草味皃復何竒能令君頓倒玉椀徒自羞爲君傀此秋金蓋覆杯梓何解心獨愁

陳叔達詠菊詩 霜間開紫蔕露下發金英但令逢採摘寧辭獨晚榮

芙蓉第十三

敘事

尒雅曰荷芙蕖 江東呼荷華爲芙蓉 其莖茄其葉荷其本蔤 密 其華菡萏其實蓮其根藕其中的的中薏詩義疏曰的五月中生生噉脆至秋表皮黑的成可食或可磨以爲飯如粟飯輕身益氣令人強健又可爲糜華山記曰華山頂上有池生千葉蓮花服之者羽化太清諸草木

方曰七月七日採蓮花七分八月八日採蓮根八分九月九日採蓮實九分陰乾下篩服方寸匕令人不老

【事對】

紫飾 朱儀 張奐芙蓉賦曰綠房翠蔕紫飾紅敷黃螺圓出垂蕤散舒纓以金牙點以素珠閔鴻蓮華賦序曰川源清澈羨溢中塘芙蓉豐植弥被大澤朱儀榮藻有逸目之觀

同幹 駢花 沈約宋書曰文帝元嘉三十一年天泉池樂遊苑池玄圃圓池並二蓮同幹宋起居注曰泰始二年嘉蓮一雙駢花並實合柎同莖生豫州鱧湖

金房 珠實 傅玄歌曰煌煌芙蕖從風芬葩陰結其根陽發其華金房綠葉素珠翠柯王子年拾遺記曰漢昭帝游柳池有芙蓉紫色大如斗花葉甘可食芬氣聞於十里之內蓮實如珠

星懸 電發 孫敬芙蓉賦曰芬馥揚馨烟晃星懸爛如朱霞朝興烱若流景在天孫楚蓮華賦曰紅花電發暉光煒煒仰曜朝霞俯照淥水

兩華 千葉 宋紀曰文帝元嘉■年蓮生建康頟擔湖一莖而兩華華山記曰華山頂有池生千葉蓮華服者羽化

映丹墀 濯玄瀨 傅亮芙蓉賦曰伊玄匠之有瞻悅嘉卉於中藻既暉映於丹墀亦納芳於綺踈嵇含甘瓜賦曰芙蕖振采濯莖玄瀨流葩映川莫此爲最

【賦】

魏曹植芙蓉賦 竦芳柯以從風奮纖枝之璀璨其始榮也皦若夜光尋扶桑其揚暉也晃若九陽出湯谷芙蕖蹇產菡萏星屬絲條垂珠丹莖吐綠焜焜爗爗爛若龍燭

宋鮑昭芙蓉賦 青房兮規接紫菂兮圓羅對妖搖之弱幹散菡萏之輕柯上星光而到景下龍鱗而隱波戲錦鱗而夕映濯繡羽而晨過排積霧而揚芬鏡洞泉而含綠葉折水而爲珠條集露而成玉潤蓬山之瓊膏耀蔥河之銀燭冠五華之仙草超四照之靈木

【詩】

唐太宗文皇帝採芙蓉 結伴戲方塘攜手上雕航舡移分細浪風散動浮香遊鷺无定曲驚鳧有亂行蓮稀釧声斷水廣棹歌長棲鳥還密對泛流歸建章

孝元帝賦得涉江採芙蓉詩 江風當夏清桂棹逐流縈初疑京兆劍復似漢冠名荷香風送遠蓮影向根生葉卷珠難溜花舒紅易輕

向

隋杜公瞻詠同心芙蓉詩 日暮息舟滿 帰來度錦城 灼灼荷花瑞 亭亭出水中 一莖孤引綠 雙影共分紅 色奪歌脸 香乱舞衣風 名蓮自可念 況復兩心同

萱第十四

敘事

說文曰萱忘憂草也束晳發蒙說曰甘棗令人不惑萱草可以忘憂毛詩曰安得萱草言樹之背 背北堂也

事對

忘憂 解思 束晳發蒙說曰萱草可以忘憂張華博物志曰神農經曰中藥養性謂合懽蠲忿萱草忘憂也 王郎與魏太子書不遺惠書所以慰沃奉讀歡笑以藉飢渴雖復萱草忘憂皐蘇釋勞无以加也

賦

梁徐勉萱草花賦 覽詩人之比興寄卉木以命詞惟平章之萱草欲忘憂而樹之爰有憂憂庭閑志静高木列其陰蘭芳糅其影甍叢藹之争芬悦群根之競穎或開紅而散紫咸荃蓝於上春信茲華之獨秀提金質於炎辰既耀色以袪痗亦含香而可翫不時合歡之木无俟孫枝之筠同芝荷於蘭暑及蟬露乎首旻其葉四垂其跗六亦曰宜男加名斯吉華而不艶雅而不質隨晦明而舒卷與風霜而榮悴笑杜衡與揭車何衆彙之能疋

詩

隋陽休之詠萱草詩 開附幽潤厎散彩曲堂垂優柔清露濕微穆惠風吹朝朝含麗景夜夜對華池

隋魏彥深詠階前萱草詩 緑草正含芳霏靡䟕前堂帶心花欲發依籠葉已長雲度時无影風來乍有香橫得忘憂號余憂遂不忘

萍第十五

敘事

爾雅曰苹萍 郭璞曰江東謂之藻 其大者蘋 周處風土記曰萍蘋芹菜之別名也呂氏春秋曰菜之美者崑崙之蘋萍焉禮記曰季春之月萍始生淮南子曰萍樹根於水木樹根於土淮

南方畢術曰老血變爲萍聚血之精，至黃泉本草曰水萍一名水華味辛寒治暴熱身癢下水氣長鬚髮久服輕身生雷澤

事對

浮水无根 渡江得實 許愼說文曰苹蓱也无根浮水而生家語曰楚王渡江得萍實大如拳赤如日剖而食之甜似蜜

生水澤 寄清池 本草經曰水萍一名水華味辛寒生池澤水上療暴熱身癢下水氣勝酒何晏詩曰轉蓬去其根流飄從風移芒芒四海涂悠悠焉可弥願爲浮萍草託身寄清池且以樂今日其後非所知

色青 華白 范子計然曰水萍出三輔色清者善吳氏本草曰水萍一名水廉生池澤水上葉圓小一莖一葉根入水五月華白三月採日乾之

共祭祀 羞王公 毛詩曰采蘋大夫妻能循法度則可以承先祖共祭祀左傳曰蘋蘩蘊藻之菜可羞於王公

賦

西晉夏侯湛浮萍賦 步長渠以遊目兮覽

隨波之微草紛漂潎以澄茂兮差瓞生於靈沼因纖根以自滋兮逸蕩乎波表散圓葉以舒形兮發翠綠以含縹蔭脩魚之華鱗兮翳蘭池之清潦既澹淡以順流兮又銅容以隨風有纏薄於崖側兮或回滯乎湍中紛上下其靡常兮漂往來其无窮仰熙陽曜俯憑綠水渟不安處行无定軌流息則寧濤擾則動浮輕善移勢危盪盪似孤臣之介立隨排擠之所往內一志以奉朝兮外結心以絕黨萍出水而主枯兮士失據而身枉覩斯草而慷慨兮因知直道之難爽

詩

南齊劉繪詠萍詩 可憐池內萍氛氳紫復青巧隨浪開合能遂水低平微根无所綴細葉詎須莖漂泊終難測留連如有情

庾肩吾賦得池萍詩 風翻乍青紫浪起時疏密本欲嘆无根還驚能有實

苔第十六

叙事

周處風土記曰石髮水苔也青綠色皆生於石也爾雅曰藫石衣也郭璞曰水苔也一名石髮又廣雅曰石髮石衣也說文曰苔水衣也沈懷

遠南越志曰海藻一名海苔或曰海羅生研石上廣志曰空室无人行則生苔蘚或青或紫一名圓蘚一名綠錢

事對

石髮　水衣　爾雅曰藫石衣也郭璞注云水苔也一名石髮江東食之張揖廣雅曰石髮石衣也許慎說文曰苔水衣也

沒階　生閣　王智深宋紀曰王微字景玄太保弘之弟子也吏部尚書江湛愛其才用舉為吏部郎陳病篤不受因以與湛書告絕足不踰閾十有餘載棲遲於環堵之室苔草沒階謝莊月賦曰陳思王初喪應劉端憂多暇綠苔生閣芳塵凝榭悄焉疚懷弗怡中夜

賦

梁江淹青苔賦　余鑿山楹為室有青苔焉意之所之故為是作嗟青苔之依依兮无色類而可芳必居閑而就寂似幽意而深傷故其處石則松栝交陰乃泉雨長注橫澗俯視崩壁仰顧悲且險兮唯流水而馳騖遂能躋歷上生班駁下布異人貴其貞精道士悅其迴趣咀松胥以高想捧丹經而求慕若在其水則鏡帶湖沼錦帀池林春塘秀色陽鳥好音青郊未謝兮白日照路貫千里兮綠草深乃生水而搖蕩遂出波而沉淫假青條兮總翠借黃華兮舒金游梁之客徒馬疲而不能去兔園之女雖蠶飢而不自禁寂兮如何苔積網羅視青蘼之杳杳痛百代兮恨多故其所哀哀以情起情以怨來魂慮斷絕精念徘徊視彼木蘭與豫章既中繩而獲夭及薜荔與蘼蕪又懷芬而見表至哉青苔之无用吾孰知其多少

詩

梁沈約詠青苔詩　綠階已漠漠汎水復綿綿微根如欲斷輕絲似更聯長風隱細草深堂沒綺錢縈鬱无人贈葳蕤徒可憐

初學記卷第二十七

初學記卷第二十八

錫山安國校刋

果木部

李第一

敘事

許愼說文曰李果也從木子聲杍古文李爾雅曰休無實李郭璞注曰一名趙李座接慮李今之麥熟李駁赤李桃李醜核棗李曰疐之孫炎曰桃李類皆核疐之去柢也疐音帝西京雜記曰漢武初修上林苑羣臣遠方各獻名果樹有朱李黃李紫李綠李青李綺李青房李車下李顏回李合枝李羌李燕李猴李漢武内傳曰李少君謂武帝溟海棗大如瓜鍾山之李大如瓶臣以食之遂生奇光陸翽鄴中記曰華林園有春李冬華春熟鹽鐵論曰桃李實多者來歲爲之穰本草曰李根治瘡服其

花令人好顏色凡李子實熟食之皆好除固熱調中食之不可合雀肉食又不可臨水上噉之李皮水煎含之治齒痛

【事對】

翠質 青皮 傳玄李賦曰潛實內納豐膚外盈翠質朱變形隨運成郭義恭廣志曰有黃建李青皮李馬肝李

採春山 沉寒水 山海經曰邊春之山多李里人常採之魏文帝與吳質書曰浮甘瓜於清泉沉朱李於寒泉

南居先熟 東苑巳末 周處風土記曰南居細李四月先熟荊州記曰房陵南居有名李張華眞人篇曰朱李生東苑甘瓜出西郊

盧山白 房陵縹 魏文帝列異傳曰袁本初時有神出河東號度索君人共立廟兗州蘇氏母病往禱見一人著白布單衣高冠冠似魚頭度索君曰昔盧山共食白李未久已三千年日月易得使人悵然去後度索君曰此南海君也傳玄李賦曰乃有河沂黃建房陵縹青一樹三色異味殊名

【賦】

西晉傳玄李賦 植中州之名果兮結修根於芳園嘉列樹之蔚蔚兮美弱枝之爰爰既乃長條四布密葉重陰夕景迴光傍蔭蘭林於是肅肅晨風飄飄落英潛實內結豐彩外盈翠質朱變形隨運成淸角奏而微酸起大宮動而和甘生既變洽熟五色有章種別類分或朱或黃甘酸得適美逾蜜房浮彩點駮赤者如丹入口流賤逸言難原見之則心悅含之則神安乃有河沂黃建房陵縹青一樹三色異味殊名乃上代之所不覩兮咸升御乎紫房周萬國之口實兮充薦饗於神靈昔怪古人之感貺乃荅之以寶瓊訛斯味之奇瑋兮然後知報之爲輕

【詩】

唐太宗皇帝賦得李詩 玉衡流桂圃成蹊正可尋鶯啼密葉外蝶戲脆花心麗景光朝彩輕烟散夕陰暫顧暉章側還眺靈山林

又採得李詩 盤根植瀛渚交榦横倚天舒華光四海卷葉蔭三川

梁沈約詠麥李詩 青玉冠西海碧石彌外區化爲中園實其下成路衢在先良足貴因小邈難逾色潤房陵縹味奪寒水朱摘持欲以獻尚食且踟躕

梁王筠荅元金紫餉朱李詩 李華春發彩結實下成蹊

潘生詠金谷魏后沉寒溪逢君重妖豔移歌入崇閨慙無瓊玖報徒用萃幽棲

柰第二

叙事

晉起居注曰嘉柰一蔕十五實或七實生於酒泉西京雜記曰漢初修上林苑羣臣各獻名果樹中有白柰綠柰漢武帝內傳曰仙藥之次者有圓丘紫柰廣志曰柰有青白赤三種張掖有白柰酒泉赤柰西方例多柰家以爲脯數十斛以爲蓄積如收藏本草曰柰味苦令人臚脹病人不可多食

事對

浮朱燿白 孫楚井賦曰沉黃李浮朱柰潘岳閑居賦曰三桃表櫻胡之別二柰耀丹白之色

設玄室 投清渠 南岳夫人傳曰夫人姓魏名華存性尤樂神仙季冬夜半有四眞人降夫人靜室因設玄室紫柰絳實靈瓜夫人人還王屋山王子喬等並降時夫人與眞人爲賓主設三玄紫柰潘尼東武舘賦曰飛甘瓜於浚水投素柰於清渠

摘圓丘 濯玉井 漢武故事曰上握蘭園之金精摘圓丘之紫柰王子年拾遺記曰崑崙山上有柰冬生子碧色須玉井之水洗方可食

綠花紫核 西京雜記曰上林苑有白柰綠柰綠花綠色郭子橫洞冥記曰有紫柰大如升甜如蜜核子花青

瓜州素 酒泉赤 張載詩曰江南郡蔗釀液豐沛三巴黃甘瓜州素柰凡此數品殊美絕快渴者所思銘之裳帶郭義恭廣志曰柰有白青赤三種張掖有白柰酒泉有赤色柰

詩

梁謝瑱和蕭國子詠柰花詩

俱榮上節初獨秀高秋晚吐綠變衰園舒紅搖落苑不逐奇幻生寧從吹律暄卓同瑤華折爲君聊贈遠

梁褚澐詠柰詩

成都貴素質酒泉稱白麗紅紫奪夏藻芬芳掩春蕙映日照新芳叢林抽晚蒂誰爲種三株終焉競以桂不讓圓丘中粢潔華庭際

表

魏曹植

謝賜柰表 即夕殿中虎賁宣詔賜臣等冬柰一奩以柰夏熱今則冬生物以非時爲珍恩以絶口爲厚非臣等所宜荷之嘗報植等詔曰山柰從京州來道里既遠又來東轉暖故柰中變色不佳耳

桃第三

敘事 爾雅曰桃李醜核桃曰膽之 膽擇取其美者

西京雜記曰漢初修上林苑羣臣遠方各獻名果有緗核桃紫文桃霜桃 霜下可食 金城桃鄴中記曰石虎苑中有勾鼻桃重二斤半郭氏玄中記曰木子之者有積石之桃焉大如十斛籠本草云梟桃在樹不落殺百鬼王桃服之長生不死典術曰又桃者五木之精也故厭伏邪氣制百

鬼故今人作桃符著門以厭邪此仙木也太清諸卉木方曰酒漬桃花而飲之除百病好容色

事對

穠華 甘實 毛詩曰何彼穠矣華如桃李平王之孫齊侯之子傅玄桃賦曰華落實結與時剛柔既甘且脆入口消流

宜五沃 已三偷 管子曰五沃之土其木宜桃漢武故事曰東郡獻短人帝呼東方朔朔至短人指朔謂上曰王母種桃三千歲一子此子不良已三過偷之矣後西王母下出桃七枚母自噉二以五枚與帝帝留核着前母曰用此何上曰欲種之母笑曰此桃三千年一著子非下土所植

紫文 青色 西京雜記曰修上林苑羣臣遠方各獻名果有緗核桃紫文桃漢武內傳曰西王母以七月七日降帝宮命侍女索桃須臾以玉盤盛桃七枚大如鴨卵形圓色青以呈王母王母以五枚與帝自食二枚

青花 紅蕚 王子年拾遺記曰磅磄山去扶桑五萬里日所不及其地寒有桃樹千圍其花青黑色萬歲一實謝靈運詩曰山桃發紅蕚野

蕨漸紫苞 緗核 綴花 西京雜記曰修上林苑羣臣遠方獻名果
有緗夜桃櫻桃漢官儀曰二千石綬青地
桃花縹三彩 生玉嶺 植霜園 鄧德明南康記曰南康五山上
有石桃故老云古有寒桃生於
嶺巔隱淪之士將大取其實因變成石焉王子年拾遺記曰漢
明帝常山獻巨核桃霜下結花隆暑方熟常使植於霜林園聲
之誤也 武陵源 洛陽路 陶潛桃源記曰晉太康中武陵人
捕魚從溪而行忘路遠近忽逢花
林夾兩岸芳華鮮美落英繽紛盡得山山有小口初極狹行四
五步豁然開朗邑屋連接雞犬相聞男女衣著悉如外人見漁
父驚爲設酒食云先世避秦難率妻子來此遂與外隔問今是
何代不知有漢不論魏晉既出白太守遣人隨往尋之迷不復
得 子侯董嬌饒詩曰洛陽城東路桃李生路傍花
花自相對葉葉自相當春風南北起花葉自低昂

賦

晉

傅玄桃賦 有東園之珍果兮承陰陽之靈和結柔根以列樹
兮豔長畝而駢羅夏日先熟初進廟堂辛氏踐秋
厥味益長亦有冬桃冷侔冰霜放神適意恣口所嘗華升御於
內庭兮飾佳人之令顏實充虛而療飢兮信功烈之難原嘉休

牛於斯林兮悅萬國之人安望海島而慷慨兮懷度朔之靈山
何茲樹之獨茂兮條枝紛而麗閑根龍虬而雲結兮彌萬里而
周盤禦百鬼之荀慝兮列神荼以司對
辟凶邪而濟正兮豈唯營美之足言

詩

太宗文皇帝

詠桃詩 禁苑春暉麗花蹊綺樹裝綴條深淺色點露參差光
向日分千笑迎風共一香如何仙嶺側獨秀隱遙芳

隋蕭愨奉和詠龍門桃花詩 舊聞開露井今見植龍
門樹少知非塞花高異
少原論時應未發故欲影歸
軒祇言經摘罷猶勝逐風翻

孔紹安應詔詠夭桃詩 結
葉
還臨影飛香欲徧空不
意餘花落翻沉露井中

櫻桃第四

敘事

爾雅曰楔荊桃 郭璞注今櫻
桃也楔音戛
禮記曰
仲夏之月天子羞以含桃先薦寢廟 鄭玄注含
桃今櫻桃
漢
書曰惠帝出離宮叔孫通曰禮春有嘗果方今

櫻桃熟可獻願陛下出因取櫻桃獻宗廟上許之諸罰獻由此興廣志櫻桃大者有長八分者有白色多肌者凡三種本草曰櫻桃味甘主調中益脾氣令人好顏色美志氣一名牛桃一名麥英

【事對】

鸎含　蟬鷖　呂氏春秋曰仲夏之月羞含桃高誘注曰含桃櫻桃爲鳥所含故曰含桃傳咸枯蟬賦曰櫻桃爲樹則多陰爲果則先熟故種之於廳事之前有蟬鳴焉顧命頹取以弄小兒遂寓目以周覽覽鳴蜩纖枝翳翠葉以長吟信厥樂于之在斯

緗葉　紅蘂　王僧達詩曰初鶯動時艷擅藻爍芳躍緗葉未開蕚紅葩已光被張華詩曰櫻桃含紅蘂

春就　夏羞　左思蜀都賦曰朱櫻春就素奈夏成禮記曰仲夏之月天子羞以含桃先薦寢廟

二株　三種　洛陽宮殿簿曰顯陽殿前櫻桃六株徽音殿前乾元殿前並二株郭義恭廣志曰櫻桃大者有長八分者有白色多肌者凡三種

【賦】

後梁宣帝櫻桃賦　推櫻桃之爲桃先百果而含榮既離離而春就乍苒苒而冬迎異羣龍之无首垂牢器之晚成鳥纔食而便墮雨薄灑而皆零未覩紅顏之實空有薦廟之名等橘柚於詹戶四諸薦乎中庭異梧桐之棲鳳愧綠竹之柏貞豈復論其美惡且聳榦乎前檽葉繁抽而掩日枝長弱而風生且得蔽乎羲赫實當暑之凄清

【詩】

唐太宗皇帝賦得櫻桃春爲韻詩　華林蒲芳景洛陽徧陽春朱顏含遠日翠色影長津喬柯轉嬌鳥低枝映美人昔作園中實今來席上珍

梁簡文帝奉荅南平王康賚朱櫻詩　倒流映碧叢點露擎朱實花茂蝶爭飛枝濃鳥相失已麗金釵爪仍美玉盤橘寧異梅似丸不羡萍如日永植平臺垂長與雲桂密徒然奉推甘終以愧操筆

棗第五

【敘事】

爾雅曰棗壺棗　郭璞曰今江東呼大而銳上者爲壺棗壺猶瓠

遵羊棗（實小而圓紫黑色孟子曰曾晳嗜羊棗）洗大棗（今河東猗氏出大棗子如雞卵
大）蹶泄苦棗（子味苦也蹶居衛反）晳無實棗（不著子）還味稔棗
（還味短味）棗李曰疐之（孫炎曰疐去其柢）周官曰饋食之籩其
實棗毛詩曰八月剝棗禮記曰婦人之摯椇榛
脯脩棗栗又曰棗曰新之栗曰撰之桃曰膽之
櫨棃曰鑽之食棗桃李不致于核盧諶祭法曰
春祠用棗油史記曰李少君以却老方見武帝
少君言帝曰臣嘗遊海上見安期先生食巨棗
大如瓜漢書曰安邑千樹棗比與千戶侯等尹

喜內傳曰老子西遊省太真王母共食玉文棗
其實如瓶孟子曰曾晳嗜羊棗曾子不忍食之
廣志曰穀城紫棗長二寸西王母棗三月熟在
衆果之先梁國夫人棗大白棗名曰蹙咨小核
多肌三皇棗駢白棗灌棗獲此回者官園所種
棗有雞心牛頭獮猴細腰之名又有氐棗大棗
崎廉棗桂棗夕棗之名本草曰凡棗九月採日
乾補中益氣久服神仙

事對

羊角 雞心（陸翽鄴中記曰石季龍園有羊角棗三子一尺郭義恭廣志曰棗有狗牙雞心牛頭羊角獮猴細腰之名）駢白 鹿

盧 郭義恭廣志曰三皇棗駢白棗郭璞曰子細腰者今謂之鹿盧棗 **細核** **弱枝** 王子年拾遺記曰北極有岐峰之陰多棗樹百尋其枝莖皆空其實長尺核細而柔百歲一實潘岳閑居賦賦曰周文弱枝之棗房陵朱仲之李

東鄰伐樹 **北園垂陰** 漢書曰王吉少時學問居長安其東家有棗樹垂吉庭中吉婦取以啖之吉知乃去其婦東家聞欲伐其樹鄰里共止之趙整詩曰北園有一棗布葉華重陰

細腰 **圓實** 爾雅郭璞注曰子細腰者今謂之鹿盧棗又曰遵羊棗郭璞注曰實小而圓紫黑色

玉文 **朱實** 尹喜內傳曰老子西遊省太真王母共食玉文之棗其實如瓶傅玄棗賦曰斐斐素華離離朱實脆若離雪甘如含蜜

萬年實 **千戶侯** 郭子橫洞冥記曰元鼎元年起招仙閣進㠁嵃細棗此棗出㠁嵃山臨碧海上萬年一實子如今嫩棗迮之有膏膏可然燈漢書曰安邑千樹棗此其人與千戶侯等

賦

晉傅玄棗賦 有蓬萊之嘉樹植神州之膏壤擢剛莖以排虛誕幽根以滋長北陰塞門南臨三江或布燕趙廣河東既

乃繁枝四合豐茂蓊鬱斐斐素華離離朱實脆若離雪甘如含蜜脆者宜新當夏之珍堅者宜乾薦羞天人有棗若瓜出自海濱全生益氣服之如神

陳後主棗賦 芳園列榦森梢繁羅葉餘莖少葉暗枝多復有奇樹風間臨□夜影來未若丹心美實絳質嘉枝重封共暗枝瓠同瑰羞金盤子米水薦玉案于深杯此歡心之未已方夢腸而屢迴

詩

後秦趙整詠棗詩 北園有一樹布葉垂重陰外雖多棘刺內實懷赤心

梁簡文帝賦棗詩 浮華齊水麗垂彩鄭都奇白紛英靡靡紫色標離離風搖羊角樹日映雞心枝穀城踰石蜜蓬岳表仙儀已聞安邑美永茂王門岳

讚

晉郭璞棗讚 建國辨方外朝九棘因材制義赤心鯁直諤諤卿士亮此袞職

栗第六

敘事

毛詩曰阪有漆隰有栗詩義疏曰栗五方皆有周秦吳楊特饒唯漁陽范陽栗甜

美長味他方不及也倭韓國上栗大如雞子亦短味不美桂陽有栗叢生大如杼周官曰饋食之籩其實栗漢書曰燕秦千樹栗與千戶侯等西京雜記曰上林苑有侯栗瑰栗魁栗榛栗嶧陽栗辛氏三秦記曰武帝果園有大栗十五枚爲一斗

事對

女贄 籩實 左傳曰女贄不過榛栗棗脩周禮曰饋食之籩其實栗

南安出 北朔薦 王褒僮約曰南安拾栗採橘注云南安縣各出好栗橘三逸荔枝賦曰西旅獻崑山之蒲桃北燕薦朔濱之巨果

華林一株 燕地千樹 晉宮閣名曰華林園中栗一株侯栗六株漢書曰燕秦千樹栗此人與千戶侯等也

秦王苑 漢帝園 韓子曰秦饑應侯謂王曰五苑之栗蔬橡棗栗足以活人請發與之三秦記曰漢武帝果園大栗十五枚爲一斗

華山麓 汝水灣 華山記曰西山麓中有栗林藝植以來蕭森繁茂酈元注水經曰汝南灣中有地數頃上有栗山味不並南安之實也燕歲貢曰白石以充天府水渚即栗洲也

賦

後漢蔡邕傷胡栗賦 樹遐方之嘉木兮于靈宇之前庭通二門以征行兮夾階除而列生彌霜雪之不凋兮當春夏而滋榮因本心以誕節挺青蘖之綠英形猗猗以豔茂兮似碧玉之植明

陳陸瓊栗賦 四時逸盛百果玄芳綠梅春馥紅桃夏香何羣品之浮脆惟此質之久長外刺同夫拱棘内潔甚於氷霜伏南安而來清列御宿而懸房薦羞則榠榛並列加籩則菱芡同行金盤兮麗色玉俎兮鮮光周人以之戰懼大官稱於栢梁

詩

梁陸玢賦得雜言詠栗詩 眥見珎於有漢木取貴於隆周英肇萌於朱夏實方落於素秋委玉盤雜椒糈將象席糅珍羞

栗第七

敘事

說文曰栗果也從木利聲漢書曰淮

北榮南河濟之間千樹梨此其人皆與千戶侯
等晉令曰諸宮秩梨守護者置吏一人尹喜內
傳曰老子西遊省太真王母共食紫梨漢武內
傳曰太上之果有玄光梨辛氏三秦記曰漢武
帝園一名樊川一名御宿有大梨如五升落地
則破其主取以布囊承之名曰含消梨何晏九
州論曰安平好棗真定好梨廣志曰洛陽北邙
張公夏梨海內唯有一樹有常山真定山陽鉅
野梨梁國睢陽梨齊郡臨梨鉅鹿豪梨上黨椁

梨小而甘新豐箭谷梨關以西梨多供御廣都
梨重六斤數人分食之又曰真定御梨大若拳
甘若蜜脆若菱可以解煩釋悁一畎反

事對

真定
廣都 魏文帝詔曰真定梨大如拳甘如蜜郭義恭廣志曰廣都梨重六斤數人分食之
靈關 御宿 謝朓謝梨啓曰味出靈關之陰旨珍玉津之萃辛氏三秦記曰漢武帝園一名樊川一名御宿有大梨如五升落地則破名含消梨
大谷 鉅野 潘岳閑居賦曰張公大谷之梨梁侯烏椑之柿郭義恭廣志曰有常山真定梨山陽鉅野梨
生玄圃 鍾青田 王讚梨頌曰太康十年梨樹西枝其條與中枝合生於玄圃園皇太子令侍臣作頌永嘉記曰青田村人家多種梨有一梨樹名曰官梨大一圍五寸恒以供獻名爲御梨
甘香 津潤 韓子曰夫樹柤梨橘柚者食之則甘嗅之則香左思蜀都賦曰紫梨津潤榛栗罅發

詩

梁

沈約應詔詠梨詩大谷來旣重岷山道又難摧折非所吝但令入玉盤梁劉孝
綽於座應令詠梨花詩玉壘稱津潤金谷詠芳菲詎匹龍樓下素蘂映華扉雜雨疑霰
落因風似蝶飛豈不怜飄墜願入九重闈後梁宣帝大梨詩大谷常流稱南荒本足珍綠葉已承
露紫實復含津

甘第八 敘事

周處風土記曰甘橘之屬滋味甜
美特異者也有黃者有頳者謂之壺甘崔豹古
今注曰甘實形如石榴者亦謂之壺甘廣志曰
有黃甘一核有成都平蔕甘大如升色蒼黃犍
爲南安縣出黃甘荆州記曰宜都郡舊江北甘

園名宜都甘襄陽記曰李叔平臨終勑其子曰
龍陽洲裏有千頭木奴及甘橘成歲得絹數千
匹

事對

平蔕 圓實 郭義恭廣志曰成都平蔕甘大如升色蒼黃胡濟甘賦曰三秋
迭運初寒履霜壺形既兆圓質一煌

披黃苞 系丹實 潘岳笙賦曰披黃苞以授甘傾縹瓷
以酌醽劉韶甘樹賦曰豐條翠葉系以丹實

西平更生 東望共食 范甯表曰南昌
令解列西平里有一甘樹枯死一年後以今年更生枝葉豐茂
今多少作子述異記曰南康郡南東望山有人入山山頂有果
林衆果畢植行列整齊如人功甘子正熟三人共食致
飽懷二枚欲示人聞空中語云催放雙甘乃聽汝去

若菱華 侔萍實 胡濟黃甘賦曰照曜原隰蔭映林荒丹黃赫以晨煒逸景接乎離光若菱花之縟綺井似
燭龍之銜金璫謝惠連甘賦曰侔萍實於江介超玉果於崑山

超玉果 若金璫 並見上注

【賦】劉瑾甘樹賦伊冥造之綿綿兮纚羣象於成週嗟卉草之森秀兮將歸美於甘樹誕寄生於南楚兮播萬里而東布浸冷泉以搖根兮竦逸條以承露結蜜葉以舒蔭兮滌纖塵以開素仰清氣以旭晨兮流惠飈於薄暮雖飛榮於園沼兮契戀松之貞趣時屢遷而彌貞兮凌寒暑而一度

宋謝惠連甘賦嘉寒園之麗木美獨有此貞芳質葳蕤而懷風性耿介而凌霜擬夕霞以表色指朝景以齊圓併萍實乎江介超玉果於崑山傾子節兮相之區承君誑兮堂之隅濯雨兮冒霜長無絕兮芬敷

【詩】梁徐陵詠甘詩曰朱實挺荊南苞品擅珍淑上林雜嘉樹江潭間脩竹萬室擬封家千株挺荊園綠葉萋以布素榮芬且郁得陳終宴歡良垂雲雨育

橘第九

【敘事】禹貢曰淮海惟揚州厥包橘柚錫貢孔安國曰小曰橘大曰柚周書曰秋食櫨梨橘柚周官曰橘逾淮北而爲枳此地氣所然也春秋運斗樞曰璇星散爲橘漢書曰江陵千橘樹與千戶侯等張勃吳錄曰建安郡中有橘冬月於樹上覆裹之至明年春夏色變青黑味尤絕美上林賦云盧橘夏熟盧黑色也蓋近是乎曹叔異物志曰橘爲樹白華赤實皮既馨香又有善味交阯有置官長一人秩三百石主歲貢御橘矣

【事對】白華　朱實李尤七歎曰梁上青麗盧橘是生白華綠葉扶疎冬榮曹植橘賦曰朱實不萌焉得素榮　綠葉　金衣楚詞橘頌曰皇后嘉樹橘來服兮受命不遷生南國兮深固難從更其志兮綠葉素榮紛其可嘉兮李尤七歎曰金衣素裹班理內充滋味偉異淫樂無窮　懷三　擲兩吳志曰陸績年六歲於九江見

袁術出橘績懷三枚去拜辭墮地績曰欲歸遺母術大奇之陶潛搜神後記曰會稽東野有女子姓吳字望子路忽見一貴人儼然端坐即蔣侯像也因擲兩橘與之數數形見遂降情好

建春山　德陽殿　東方朔神異記曰東方裔外有建春山其上多橘柚　李尤德陽殿賦橘柚含桃百果成叢

賦　魏曹植橘賦　播萬里而遙植列銅爵之園庭背江洲之暖氣處玄朔之肅霜邦換懷別爰用喪生處彼不凋在此先零朱實不凋焉得素榮惜寒暑之不均嗟華實之永乖仰凱風以傾葉冀炎氣之所懷颺鳴條以流響晞越鳥之來棲夫靈德之所感物無微而不和神蓋幽而易激信天道之不訛既萌根而弗榦諒結葉而不華漸玄化而不變非彰德於邦家附微條以歎息哀草木之難化

詩　梁范雲園橘詩　萬條結寒翠園實變霜朱徙根楚州上來復廣庭隅　梁沈約園橘詩　綠葉迎露滋朱苞待霜潤但令入玉柈金衣非所吝　周李元操園中雜詠橘樹詩　嘉樹出巫陰分根徙上林白華如霰雪朱實似懸金布影臨丹地飛香度玉岑自有凌冬質能守歲寒心

讚　王叔之甘橘讚　節重巖險操貴有恒一樹保榮四運齊能在質惟美于味斯弘畢分南域北則枳丁

梅第十

敘事　詩義疏曰梅杏類也樹及葉皆如杏而黑耳西京雜記曰漢初修上林苑羣臣各獻名果有侯梅朱梅紫花梅同心梅紫蔕梅麗友梅異物志曰楊梅似彈丸五月熟廣州記曰廬山頂上有湖廣數頃有楊梅山桃止得於上飽噉不得將去廣志曰蜀名梅爲橑橑大如鴈子梅橑皆可以爲油黃梅以熟橑作之橑音老

事對

紫蔕　白花　西京雜記曰修上林苑羣臣各獻名果有紫蔕梅燕脂梅劉義慶遊鼉湖詩曰晤景轉諧淑草木日滋長梅花覆樹白桃杏發榮光

一枝　三實　劉向說苑曰越使諸發執一枝梅遺梁王梁王之臣曰韓子顧左右曰惡有一枝梅乃遺制國之君乎毛詩曰摽有梅其實三兮

明目　香口　吳氏本草曰梅核明目益氣不飢詩義疏曰梅暴乾爲腊羹臛韲中又可含以香口

雲山乾腊　洛涘

繁榮　山海經曰雲山之上其實乾腊郭璞注曰腊乾梅也潘岳閑居賦曰退而閑居于洛之涘又曰梅杏郁棣之屬繁榮麗藻之飾華實照爛言所不能極也

賦

梁簡文帝梅花賦　層城之宮靈苑之中奇木萬品庶草千叢光分影雜條繁幹通寒圭變節冬灰徙箭並皆枯悴色落摧風年歸氣新搖芸動壓梅花特早偏能識春或承陽而發㸌作雜雪而披銀吐裏四照之林舒榮五衢之路旣玉綴而珠離凡冰懸而雹布葉嫩出而未成枝抽心而插故漂半落而飛空香隨風而遠度挂靡靡之遊絲雜霏霏之晨霧爭樓上之落粉奪機中之織素於是重閨佳麗貌婉心嫺憐早

花之驚節訝春光之遣寒狹衣始薄羅袖初單折此芳花舉茲輕袖或插鬢而問人或殘枝而相授恨鬟前之大空嫌金鈿之轉舊顧影丹墀弄此嬌姿洞開春牖四卷羅帷春風吹梅畏落盡賤妾爲此斂蛾眉花色時相比恒愁恐失時

詩

梁簡文帝雪裏覓梅花詩　絕訝梅花晚爭來雪裏窺下枝低可見高處遠難知俱羞惜腕露相讓道腰羸定須還剪綵學作兩三枝

梁何遜詠早梅詩　兔園標物序驚時最是梅銜霜當路發映雪擬寒開枝橫卻月觀花遶凌風臺朝灑長門泣夕駐臨卭杯應知早飄落故逐上春來

梁王和孔中丘雪裏梅花詩　水泉猶未動庭樹已先知翻光同雪舞落素混冰池今春竟時發猶是昔年枝唯有長顰顇對鏡不能窺

梁庾肩吾同蕭左丞詠摘梅花詩　窓梅朝始發庭雪晚初消折花牽短樹幽叢入細條垂冰溜玉手含刺罥春腰遠道終難寄馨香徒自饒

周庾信詠梅花詩　常年臘月半已覺梅花闌不信今春晚俱來雪裏看樹動懸冰落枝高出手寒早知覔不見眞梅著

衣單

石榴第十二

敘事 埤蒼曰石榴柰屬也博物志曰張騫使西域還得安石榴胡桃蒲桃繆襲祭儀曰秋嘗果以梨棗柰安石榴沈約宋書曰晉安帝時武陵臨沅獻安石榴一蔕六實鄴中記曰石虎苑中有安石榴子大如椀盞其味不酸周景式廬山記曰香鑪峯頭有大磐石可坐數百人垂生山石榴三月中作花色似石榴而小淡紅敷紫萼煒曅可愛

事對 丹鬚 紫萼 夏侯湛石榴賦曰接翠萼於綠蔕冐紅牙於丹鬚艴然含蘂璀爾散珠周景式廬山記曰山石榴紅敷紫萼煒然可愛

六實 千房 沈約宋書曰武陵臨沅獻安石榴一蔕六實潘居石榴賦曰千房同蔕十子如一繽紛磊落垂光曜質

玉潤 星懸 范堅安石榴賦曰膏凝玉潤光猶瑩削赬如丹砂粲若銀礫應吉甫安石榴賦曰丹葩結秀朱實星懸

素粒 紅膚 張協安石榴賦曰素粒紅液金房緗隔范堅安石榴賦曰縞隔區分彤實綺錯紅膚帖素掾以紫的

玉瑩 珠駢 張協安石榴賦曰柔膚冰潔凝光玉瑩濯如冰碎泫若珠迎應貞安石榴賦曰膚折理阻爛若珠駢

賦 西晉夏侯湛石榴賦 覽華圃之嘉樹兮羨石榴之奇生滋玄根於夷壤兮擢繁榦於蘭庭霑靈液之粹色兮含渥露以深榮若乃時雨新希微風翕物藹萋萋以鮮茂兮紛扶輿以蓊鬱枝掺棯以環柔兮葉鱗次以周密纖條參差以窈窕兮洪柯流求以相拂於是乎青陽之末朱明之初翕微煥以擒采兮的窟璨以揚敷接翠萼於綠蔕兮冐紅牙以丹鬚艴然含蘂璀爾散珠若乃叢紈始裹聚葩方離潛暉蛺豔綠采未披照灼攢列熒

瑩玄垂

西晉潘岳河陽庭前安石榴賦仰天路而高聯顧隣國以相望位莫微於宰邑館莫陋於河陽雖則陋館可以遨遊實有嘉木曰安石榴脩條外暢榮幹內樛扶踈偃蹇冉弱紛柔於是暮春告謝朱夏戒初新莖擢潤膏葉垂腴曾華曄以先越含榮鶵其方敷丹暉綴於朱房緗的點乎紅鬚煌煌煒煒熠爚委累似琉璃之棲鄧林若珊瑚之映渌水既乃攢乎挾庭載阨載褊土階無等肩牆惟淺壁衣蒼苔瓦被駁蘚處悴而榮在幽彌顯

詩

梁孝元帝賦得石榴詩塗林未應發春暮轉相催燃燈疑夜火連珠勝早梅西域移根至南方釀酒來葉翠如新剪花紅似故裁還憶河陽縣映水珊瑚開

隋魏彥深詠石榴詩分根金谷裏移植廣庭中新枝含淺綠晚萼散輕紅影入階環水香隨度隙風路遠無由寄徒念春閨空

孔紹詠石榴詩可惜庭中樹移根逐漢臣只謂來時晚開花不及春

瓜第十二

敘事

爾雅曰瓞瓝其紹瓞孫炎曰詩云緜緜瓜瓞瓞瓝小瓜

子其本子小瓝蒲角反說文曰瓜象形也瓣瓜實也大戴禮曰五月乃瓜乃瓜者治瓜之辭也瓜也者始食瓜八月剝瓜蓄瓜時也禮記曰為天子削瓜者副之巾以絺副析也既削又四折之乃橫斷之而巾覆焉為國君者華之巾以綌華中裂也不四析也為大夫累之累倮也謂不巾覆也士疐之不中裂橫斷去疐而已庶人齕之不橫斷又曰瓜祭上環食中棄所操婦人之贄瓜桃李梅盧諶祭法曰夏祠秋祠皆用瓜續漢書曰漢安帝三年有瓜異本同帶共生一瓜時以為嘉大上黃庭經注曰大霍

山下有洞臺司命君之府也中有神靈瓜食之者至玄也莊子曰朽瓜化爲魚物之變也廣志曰凡瓜之所出以遼東盧江燉煌之種爲美有魚瓜蠊瓜貍頭瓜瓜州大瓜如斛御瓜也有青登瓜大如三斗魁有桂枝瓜長二尺餘蜀地温良瓜至冬熟有秋泉瓜秋種冬熟魚龍河圖曰瓜有兩鼻者殺人

事對

青門 朱火 阮籍詩曰昔聞東陵瓜近在青門外連軫距阡陌子母相鉤帶漢武內傳曰西王母謂上元夫人曰共造朱炎山陵食靈瓜其味甚好憶此未久已七千歲

蜜房 氷谷 劉楨瓜賦曰甘逾蜜房冷亞氷圭郭子橫洞冥記曰有龍肝瓜長一尺花紅葉素生於氷谷所謂氷谷素葉之瓜

龍肝 獸掌 龍肝事見上氷谷注中張揖廣雅曰龍蹄獸掌羊骹兎頭瓜屬也

紫花 素葉 伏侯古今注曰孝平帝元年武陵縣生瓜花如菍花紫色實如小麥墮地復生素華事見氷谷注中

五色 九彩 阮籍詩曰昔聞東陵瓜近在青門外五色曜朝日籍賓四面會劉楨瓜賦曰豐細異形圓方殊務揚暉發藻九彩雜糅

黄花 絳實 劉楨瓜賦曰三心在隅温風節暮枕翹於藤流美遠布黄花炳曄潛實獨著豐細異形圓方殊務兩岳夫人內傳曰夫人姓魏名華存性樂神仙季冬之月夜半清明有眞人至靜陳玄室縈奈絳實靈瓜

白瓟 玄骭 張揖廣雅曰桂枝蜜筩白瓟无餘瓜屬陸機瓜賦曰小青六班玄骭素椀

二莖一實 四剖三離 劉敬叔異苑曰漢安帝元初三年平陸有瓜異處同蔕共生一瓜晉武太康八年五瀆園生瓜三莖一實劉楨瓜賦曰析以金刀四剖三離承之以雕盤羃之以織絺

賦

西晉陸機瓜賦 佳哉瓜之爲德邈衆果而莫賢殷中和之淳祐播滋榮於甫田背芳

春以初載近朱夏而自延奮脩系之莫莫邁秀體之綿綿赴廣武以長蔓綮烟接以雲連感嘉時而促節蒙惠露而增鮮若乃紛敷雜錯鬱悅婆娑發彼適此迭相經過熙朗日以熠熠扇和風其如波有葛虆之覃及象椒聊之衆多發金榮於秀翹結玉實於柔柯敵翠景以自育綴脩莖而星羅夫其種族類數則有括樓定桃黃䏣白縛金久蜜筩小青大班玄骭素椀貍首虎蹯東陵出於秦谷桂髓起於巫山五色比象殊形異端或濟貌以表內或惠心而醜顏或擄文以抱綠或被素而懷丹氣洪細而俱芬體脩短而必圓

晉傅玄瓜賦 調上下種播之有經應運役時貞甲徐生遂日就而月將既成毋而盤縈次落莫之密葉兮交逶迤之脩莖敷碧綠之純采金華炳其朗明育之以人功養之以六氣黃逾金緗青侔含翠雖貍首之甘美兮未若東野之奇偉舊有蜜筩及青括樓嘉味溢異鮮類寡儔一醫之頃至三搖頭選美芳園重簡其珍披以吳刀承以朱盤中割而破雖分若完質兼三味氣美芳蘭愈得冷而益甘兮怡神爽而解煩細肌蜜裏多瓤少瓣豐旨絕異食之不餡 文賦

木部 附

松第十三

敘事 說文曰松木也從木公聲古文榕從木容聲尚書青州厥貢岱畎絲枲鈆松怪石郭氏玄中記曰松脂淪入地中千歲為茯苓劉向神仙傳曰偓佺好食松實能飛行速如走馬以松子遺堯堯不能服松者橫也時受服者皆至三百歲嵩山記曰嵩高山有大松樹或百歲或千歲其精變為青牛為伏龜採食其實得長生抱朴子曰松樹之三千歲者其皮中有聚脂狀如龍形名曰飛節芝又玉策記曰千歲松樹

四邊披起上杪不長望而視之有如偃蓋其中
有物或如青牛或如青犬或如人皆壽萬歲王
逸子曰木有扶桑梧桐皆受氣淳矣異於羣類
者也廣志曰千歲老松子色黃白味似栗可食
本草曰松脂出隴西如膠者善松脂一名松肪
味苦溫久服輕身延年 【事對】 棲鸞 繫馬 謝承後漢書曰方儲字聖明丹陽人也除郎中遭母憂弃官行禮負土成墳種松栢奇樹千株鸞鳥棲其上白兎游其下劉琨扶風詩曰繫馬長松下歇鞍高岳頭烈烈悲風起泠泠澗水流 鹿尾 龍形 周景式廬山記曰石門北巖即松林也有數百樹松大皆連拱長近二十丈攢生絕崖上南臨石門澗澗中仰視之離離如驊鹿尾於尋陽望聚見之分明抱

朴子曰松樹其皮中有脂狀如龍形 偃蓋 飛節 抱朴子曰玉策記曰千歲松如偃蓋又曰松樹皮中有聚脂名曰飛節芝 貞蕤 秀葉 庾肅之松讚曰流潤飛津沉精幽結貞蕤含芳仰拂素雪左九嬪松栢賦曰敷纖莖之龍蓯布香葉之蔥青 翠實 素髓 左九嬪松栢賦曰列翠實之離離馥幽藹而永馨許詢詩曰青松疑素髓秋菊落芳英

【賦】 南齊王儉和蕭子良高松賦
山有喬松峻極青葱既抽榮於岱嶽亦擢穎於荊峯受靈命於
后土方虞舜以齊蹤貫四時而不改超五玉之嘉容上拂天而
獨遠下流雲而自重重陰微微漏景含暉日既升而猶晦時方
中而未晞通霄漢而隱影集鸞皇之翻飛偓佺食和而輔性墨
翟昌言於宋壘想周穆之長阪念東平之思歸若乃朔窮於紀
歲亦暮止隆水峩峩飛雪千里堅三秀而靡遺望九山其相侶
翔鴈哀迴於天津振鷺驚鳴於川涘嗟萬有之必
衰獨貞華之死已積皓霞而爭光延微飈而響起 南齊謝
朓和蕭子良高松賦 閱品物於幽記訪蓑育於秘經巡紀林之彌望識斯松之最靈豈榆

柳之比性指冥春而等齡若夫修幹垂陰喬柯飛穎望肅肅而
既閑聽微微而方靜懷風音而送聲當月路而留影即芊眠於
廣隰亦迢遞於孤嶺集九䳓之羽儀棲五鳳之光景固總木之
爲選貫山川而自永爾乃青春爰謝雲物含明江皐綠草煖然
已平紛弱葉而凝照竟新藻而掐英陵翠山其如剪於懸蘿而
共經至於星迴窮紀沙鴈莊飛同雲决其无色陽光沉而減禪
卷風颸之欻吸積霰雪之巖皚

詩 梁沈約寒松詩 梢聳

豈彫貞於寒暮不受冷於霜威

振寒聲青葱標暮色跡葉望嶺齊喬幹臨雲貞 梁吳均詠慈姥磯石上松詩

根爲石所蟠枝爲風所碎賴我有貞心終凌細草輩 隋煬帝詠北鄉古松樹詩

古松唯一樹森竦距成林獨留鹿尾縣猶橫偃蓋陰雲來聚雲色風度雜風音孤生小庭裏尚表歲寒心 隋李德林詠松樹詩

結根生上苑擢秀邇華池歲寒無改色年長有倒枝露自金盤灑風從玉樹吹寄言謝霜雪貞心自不移

柏第十四

敘事 爾雅曰柏掬也史記曰松柏爲百木長而守宮閭尚書曰荊州厥貢杶幹栝柏周官曰冀州其利松柏劉向列仙傳曰赤須子好食松實齒落更生漢武內傳曰藥有松栢之膏服之可以延年三輔舊事曰漢諸陵皆屬太常不屬郡縣其入盜栢者棄市抱朴子曰天陵偃蓋之松大谷倒生之栢凡此諸木皆與天齊其長地等其久也廣志曰栢有續栢有計栢崔實月令曰七月收栢實

事對 衛國舟 殷人社

毛詩曰栢舟言仁而不遇也衛頃公之時仁人不遇小人在側也汎彼栢舟亦汎其流論語曰哀公問社於宰我宰我對曰夏后氏以松殷人以栢周人以栗鄭玄注云主四主謂社也

鵲立 鸞棲 東方朔傳曰孝武皇帝時閒居鵲鳴新雨止朔執戟在殿上呼問之荅曰殿後柏樹上有鵲立枯枝上東嚮鳴上遣視如朔言謝承後漢書曰方儲遭母憂種松栢鸞棲其上

泰山千樹 華林二株 太山記曰山南有太山廟種栢千樹大者十五六圍長老傳曰漢武帝所種晉有華林園栢二株

賦 西晉左九嬪松柏賦 何奇樹之英蔚記峻岳之嵳峩被玄潤之逶迤臨渌水之素波擢脩木之亢九翠綠葉之芬葩敷纖莖之蘢蓯布秀葉之葱青列翠實之離離馥幽藹而永馨紛翕習以披離氣肅肅以清冷應長風以鳴條似絲竹之遺聲稟天然之貞勁經嚴冬而不零雖凝霜而挺榦近青春而秀榮若君子之順時又似乎真人之抗貞赤松游其下而得道文賓食其實而長生詩人歌其榮蔚齊南山以永寧

詩 北齊魏收庭柏詩 古松圖偃蓋新柏寫鑪峯凌寒翠不奪迎暄綠更濃茹葉輕沉體咀實化衰容將使中臺麝違山能見從

槐第十五

敘事 春秋說題曰槐木者虛星之精也元命包曰樹槐而聽訟其下者槐之言歸也情見歸實爾雅曰守宮槐葉晝聶宵炕欀大葉而黑鄭璞注曰守宮槐晝日聶合而夜炕布孫炎曰聶合炕張也淮南子曰老槐生火久血爲燐人不怪血精在地暴露百日則爲燐廣志曰槐材有青黃白黑也太青草木方曰槐者虛星之精也以十月上巳取子服之好顏色長生通神

事對

連理 一心

標末千畝 摯虞連理頌曰東宮止德之內承華之外槐樹二枝連理而生

二榦一心以蕃本根傳遂槐樹賦曰葉葉扶疎参林蕭蔘松蘿寄生綿連標末延袤千畝蓊鬱晻藹

晝聶夜舒

兎目鼠耳 爾雅曰守宮槐葉晝聶宵炕郭璞注曰守宮槐晝日聶合而夜舒布也江東有樹樹與此相反俗因名爲合昏旣晝夜異一其理等耳孫炎注云聶合炕張也莊子曰槐之生也入季春五日而兎目十日而鼠耳

【賦】

魏曹植槐樹賦 羙良於之華麗爰獲貴於至尊憑文昌之華殿森列峙于端門觀朱攑以振條據文陛而結根揚隂沉以溥覆似明后之垂恩

魏王粲槐樹賦惟中堂之奇樹稟自然之天資超疇取而登植作階庭之華暉旣立本於殿省植根柢其弘深鳥願棲而投翼人望庇而披衿

晉摯虞槐樹賦 爾乃觀其誕林察其通居豐融反露蓊鬱扶疎樂雙游之黃鸝嘉别鷙之王雎春棲教農之鳥夏憩霈哺之鳥

晉王濟槐樹賦 若夫龍升南陸火集正陽怭兹鬱陶靜暑無方鼓柯命風振葉致凉朗明過乎八闥重陰踰於九房

【詩】

魏繁欽槐樹詩 嘉樹吐翠葉列在雙闕涯旖旎隨風動柔色紛陸離

桐第十六

【叙事】

詩義疏曰梓實桐皮曰椅今人云梧桐也有白桐有青桐有赤桐雲南牂牁人績以爲布易緯曰桐枝濡毳而又空中難成易傷須成氣而後華周書曰清明之日桐始華桐若不華歳有大寒韓詩曰其同其椅其實離離 離離長貌 毛詩曰椅桐梓漆爰伐琴瑟爾雅曰櫬梧也榮桐木也華陽國志曰益州有梧桐木其華采如絲人績以爲布名曰華布沈懷遠南越志曰青桐華頗似木綿而輝薫過之謝靈運游名山

志曰吹臺有高桐皆百圍嶧陽孤桐方此爲劣
劉會鄒山記曰鄒山古之嶧山魯穆公改爲鄒
山今鄒山嶧陽猶多桐樹莊子曰鵷雛發南海
而飛到北海非梧桐不止非竹實不食管子曰
五沃之土其木宜桐齊民要術曰梧桐山石間
生者爲樂器則鳴瑞應圖曰王者任用賢良則
梧桐生於東廂

事對

嶧陽特生　洞庭傷秀 尚書曰羽畎夏翟嶧陽孤桐孔安國注曰嶧陽特生桐中琴瑟也崔駰七依曰天有洞庭之椅相依峻岸而傷生

蒼岑吐幹　玄溪託根 張協七命曰寒山之桐出自太冥含黃鍾以吐幹據蒼岑以孤生崔琦七蠲曰爰有梧桐產乎玄溪傳根朽壤託陰生危

鳳翔　鸞集 傳咸梧桐賦曰停公子之龍駕息旅人之行肩瞻華實之離離想儀鳳之來翔又劉義恭華林四瑞桐樹甘露贊曰遠延鳳翮遥集鸞步惠潤何廣需我明庶

三株　一葉 晉宮閣名曰華林園青白桐三株伏侯古今注曰昭帝元鳳三年馮翊人獻桐枝長六尺九枝枝一葉也

孤生　半死 孤生事見蒼岑吐幹注枚乘七發曰龍門之桐百尺死枝中鬱結之輪菌根扶踈以分離其根半生半死冬則烈烈風漂霰飛雪之所激

止鵷雛　俟鸞鷟 莊子曰鵷鶵發南海而飛到北海非梧桐不止非竹實不食司馬彪與山巨源詩曰處身孤且危於何託余足昔也植朝陽傾枝俟鸞鷟

賦

南齊蕭子良梧桐賦 植椅桐於廣圃嗟倏忽而成林依層楹而吐秀臨平臺而結陰乃抽葉於露始亦結實於星沉聳輕條而麗景涵清風而散音發雅詠於悠昔流素賞之在今必鸞鳳而後集何燕雀之能臨匪伊楚宮側豈獨嶧山之岑邈蒿萊之難儷永配道於仙琴

劉義恭桐樹賦 伊梧桐之靈材蔚練林而擢秀玄根適徹

於幽泉密葉垂蔭而增茂挺脩榦蔭朝陽招飛鸞鳴鳳凰甘露灑液於其莖清風流薄乎其枝丹霞赫奕於其上白水浸潤乎其陂

【詩】南齊謝朓游東堂詠桐詩 孤桐北窗外高枝百丈餘葉生既阿那葉落更扶疎無華復無實何以贈離居栽為圭與瑞足可命參墟 梁沈約詠孤桐詩 龍門百尺時排雲少孤立分根蔭玉池欲待高鸞集 梁吳均共賦韻同詠庭中桐詩 龍門有奇價自言梧桐枝華暉實掩映細葉能披離不降周王子空待歲時移嚴風忽交勁遂使無人知 隋魏彥深詠桐詩 未求栽作瑟何用削成珪願寄華庭裏枝橫待鳳棲

柳第十七

【敘事】說文曰楊蒲柳也從木易聲檉河柳也從木聖聲柳小楊也從木丣聲爾雅曰檉河柳 郭璞注曰河旁赤莖小楊也 旄澤柳 生澤者 楊蒲柳詩義疏曰蒲柳之木二種一種皮正青一種皮紅正白葉皆長廣柳可為箭笴杞柳生水旁樹如柳葉麤而白木理微赤故今人以為車轂今淇水旁魯國泰山汶水邊路純杞柳也山海經曰 山之西有谷焉名均蘿谷其木多柳鳳伯之山熊山直陵之山木多柳平丘山爰有楊柳決民之國有白柳崔豹古今注曰白楊葉員青楊葉長柳葉亦長細移 時題反 楊員葉弱蔕微風則大搖一名高飛一曰獨搖蒲柳生水邊葉似青楊亦

曰蒲移亦曰移柳亦曰水楊蒲楊也支勁韌任夫用又有赤楊霜降則葉赤材理亦赤也廣志曰白楊一名高飛木葉大於柳也

事對

流絲 飛絮 枚乘柳賦曰漠漠 階曰日遲遲吁差細柳流亂輕絲王緝之柳花賦曰步江皐兮倚望感春柳之依依垂緑葉而雲布颺零花而雪飛案神農本草經曰柳花一名柳絮

東門葉 北郭枝 毛詩曰東門之楊其葉牂牂阮瑀樂府詩曰駕出北郭門馬行不肯馳下車少躑躅仰折楊柳枝

九成 十圍 魏文帝柳賦曰在余年之二七植斯柳乎中庭始圍寸而高尺今連拱而九成劉義慶說曰桓公北征經金城見爲琅邪時種柳皆已十圍慨然曰木猶如此人何以堪攀枝執條泫然流涕

赤葉 緑條 崔豹古今注曰蒲柳生水邊葉似青楊又有赤楊霜降則葉赤材理亦赤陳琳柳賦曰偉姿逸態英艷妙奇緑條縹葉雜還纖麗

龍鱗 鳳翼 魏文帝柳賦曰上扶疏而孛散兮下交錯而龍鱗陳琳柳賦曰龍鱗鳳翼綺錯交施蔚曇雲其杳藹象翠蓋之威蕤

射葉 攀枝 劉向說苑曰養由基楚之善射者也去楊葉百步百發百中劉義慶說曰桓公征金城見琅邪時種柳攀枝執條

蔚通衢 蔭清沼 劉義恭擬陸士衡詩曰緑柳蔚通衢青槐蔭脩埛謝尚贈王彪之詩曰長楊蔭清沼游魚戲淥波

賦

後漢王粲柳賦 覽茲樹之豐茂紛旖旎以脩長枝扶疏而覃布莖槮梢以奮揚人情感於舊物心惆悵以增慮行游目而廣望覩城壘之故處悟無主之話言信思難而存懼嘉甘棠之不伐畏敢累於此樹苟遠跡而退之豈駕遲而不屢

魏文帝柳賦 伊中國之偉木兮理姿妙其可珍稟靈祇之篤施兮與造化乎相因四氣邁而代運兮去冬節而涉春彼庶卉之未動兮因肇萌而先辰盛德遷而南移兮星鳥正而司分應隆時而繁育兮揚翠葉之青純脩幹偃蹇以虹指兮柔條阿那而孛紳上扶疏而施散兮下交錯而龍鱗於是曜靈次乎鶉首兮景風扇而增煖豐弘陰而博覆兮躬愷悌而弗倦四馬望而傾蓋兮行旅仰而迴睠秉

取竹箭河圖曰少室之山大竹堪爲甑器史記曰渭川千畝竹其人與千戸侯等漢書曰秦地有鄠杜竹林南山檀柘號陸海也謝靈運晉書曰元康二年巴西界竹生花紫色結實如麥徵祥記曰王者德至於天和氣感而甘露降尊賢容衆不失細微則竹葦受之王子年拾遺記蓬山有浮筠之簳葉青莖紫子如大珠有青鸞集其上下有砂礰細如粉暴風至竹條翻起拂細砂如雪霧仙者來觀戲焉風吹竹折聲如鐘磬

之音山海經曰衛丘山南帝俊竹林郭璞曰俊舜字假借音在焉大可爲舟言舜林中竹一節則可以爲船丹陽記曰江寧縣南二十里慈母山積石臨江生簫管竹王褒洞簫賦所稱即此也其竹圓緻異於餘處自伶倫採竹嶰谷其後唯此簳見珍故歷代常給樂府而俗呼曰鼓吹山今慈胡戍常禁之戴凱之竹譜曰竹之別類有六十一焉有桂竹甚毒傷人必死有箭竹節間三尺堅勁中爲矢笴簵亦皆堪爲矢箭大者爲筆鍾龍竹伶倫所伐也廣志

曰雲母竹大竹也㰖竹細而多刺也篾竹堪作
笛簹竹宜為屋椽簍竹皮青内白如雪輭韌可
為索漢竹大者一節受一斛小者數升為椑榼
利竹蔓生實中堅韌爾雅曰筍竹萌䉌堅中簢
筡中其中空仲無笐本草曰竹葉一名升斤竹花
一名草華羅浮山記曰卬竹本出卬山張騫西
至大夏所見也而此山左右時有之鄉老多以
為杖爾雅又曰東南之美者有會稽之竹箭焉

事對 鳴鳳 棲鸞 王子年拾遺記曰岑華山名也在西海之西有篔竹為簫管吹之若羣鳳之鳴謝靈運山居賦曰其竹則二箭殊葉四苦齊味水石多名巨細各彙企山陽之游餞遲鸞鷟之棲託噫崑圃之悲調慨伶倫之哀籥 翠實 紫筠 劉楨魯都賦曰竹則塡彼山陔根彌阪域蒙雪含霜不渝其色翠實離離鳳鸞攸食王子年拾遺記曰蓬萊山有浮筠之簳葉青莖紫子如大珠也 紫花 素筍 謝靈運晉書曰元康二年春二月巴西界竹生花紫色結實如麥王虎之閩中賦曰竹則苞赤箬縹箭班弓篔簹函人桃枝育虫緗箬素筍彤竿綠筒 纁皮 綠葉 戴凱之竹譜曰菡隨竹大如脚指虫食其筍皮類纁甚可愛左思吳都賦曰竹則苞筍抽節往往縈結綠葉翠莖冒霜停雪 似桂 如松 戴凱之竹譜曰筵竹似桂而槪節沈懷遠南越志曰博羅縣東蒼州足簞竹銘曰簞竹旣大薄且空中節長一丈其直如松 湘妃 雲母 張華博物志舜死二妃淚下染竹即班妃死為湘水神故曰湘妃竹郭義恭廣志曰雲母大竹 雉頭 雞頸 劉敬叔異苑曰吳郡桐廬人也嘗伐餘遺竹見一宿竿雉頭蛇身猶未變此亦竹為蛇蛇為雉也戴凱之竹譜曰雞頸竹似竹而細莽

蕁 檀欒 王虔之閩中賦曰竹則緗箬素筍彤竿綠筒攢岡堖之苯蕁漫原澤之蓊蒙枚乘梁王兎園賦曰脩竹檀欒來池水

夔蚿 飛鵲 夔蚿事見鵄頭注中墨子曰公輸子削竹木以爲鵲鵲成而飛之三日不下自以爲巧

葉履 皮冠 戴凱之竹譜曰䈥竹江漢間謂之竿籔一尺葉大如履可以衣蓬漢書曰高祖爲亭長乃以竹皮爲冠應劭注曰以竹始生皮作冠今鵲尾冠是也

朱書 青簡 史記曰智伯率韓王攻趙襄子奔晉陽原過後至於王澤見三人自帶以上可見自帶以下不可見與原過竹二節要過曰爲我以是遺趙無恤原過告襄子襄子齊三日親自剖竹有朱書曰余霍太山陽侯天吏也應劭風俗通曰殺青書可繕寫謹案劉向別錄曰殺青者直用青竹簡書耳

十尋 百尺 沈懷遠南越志曰宋昌縣有棘竹長十尋大如甕其間短者輙六七大也爲竹叢薄葉下有鉤刺或在條末如芒針也東方朔神異經曰南方荒中有沛竹其長百丈圍二丈五六尺厚八九寸可以爲船也

菱重谷 掃貞池 曹毗湘表賦曰其竹則篔簹白烏實中紺族濵縈幽渚繁宗隈曲萋蒨陵之菱逮重谷鄭緝之東陽記曰崑山去蕪城山十里峯山嶺高峻常秀雲表故老傳云嶺上有貞池魚鱉具有池邊有竹極大風至垂屈掃地恒淨潔如人掃也

賦

梁簡文帝修竹賦 有嬋娟之茂篠寄江上而叢生玉潤桃枝之麗魚腸雲母之名日映花靡風動枝輕陳王歡舊小堂佇軸今餞故人亦賦脩竹伊嘉賓之獨劭顧余躬而自愢

陳顧野王拂崖篠賦 詩詠淇水騷美江干崖憐拂石神貴掃壇既來儀於鳴鳳亦優伸於翔鸞入扇璧之宵月映沅澧之驚湍帶金風之爽朗雜玉潤之檀欒陪嘉宴於秋夕等貞節之歲寒

梁江淹靈丘竹賦 登崎嶇之碧巘入朱宮之瓏玲臨曲江之迴盪望南山之蕊青鬱春華於石岸杷夏彩於沙汀遠亘紫林秘埜近而王苑禁堈於是綠筠繞岫翠篁綿嶺參差黛色陸離紺影上謐謐而留鼎下微微而停靖蒙朱霞之丹氣暖白日之素景故非英非藥非香非馥而珍跨仙草寶踰靈木夾池水而檀欒繞園塘而橚矗既間霜而无凋亦中暑而增肅每冠名於華戎將擅奇於水陸況有朝雲之館行雨之宮窓崢嶸而綠色戶踟躕而臨空綺疏敞而停日朱簾開而留風被箘簵之